手塚治虫

SF・小説の玉手箱

別巻

タクシー・ドライバー

樹立社大活字の〈杜〉

タクシー・ドライバー

目次

◉おことわり
自筆原稿の明らかに誤記と思われる箇所および難読箇所を（　）で示し修正しました。

タクシー・ドライバー

1

高田馬場に雨がふる。　雨は涙かため息か。夜のとばりに包まれて　降るはしぐれか　さみだれか。　濡れて立つ身の味気なさ。　手塚治虫（雨男。）は今夜も終電にまにあわず、セブンビルの前にたってて台風13号をうらみつつ、しょぼくれてタクシーを待つのでありました。

「ああ、やっとこさ来た」

7………タクシー・ドライバー

待ちかねて乗りこんだ深夜タクシー
「どこまで？」

「おれんちまで」

「ここっ」

「あそうか。会社の車とまちがえた。東久留米だよ」

「助かった、今夜はもう客がないと思ってたんです」

「深夜は客がないの？」

コクヨ　ケー60　20×20

9………タクシー・ドライバー

「日曜祭日はまず夜中すぎは客がひろえませんね」

「酔っぱらいがいるだろう」

「酔っぱらいはいやでね、のせない方がいいんですよ。車ん中で寝込んじまったりね。」

「おや、お客さんもしかしたら漫画家の手塚治虫じゃないですか」

「どうしてわかる」

「だって漫画そっくりのおっかしな顔して

11………タクシー・ドライバー

るもん。手塚治虫なら、話しときたいこととかあるんです」

「なんだい」

「あれ、宇宙人に出遇ったんですよ」

「宇宙人!?」

「この車はね、実は宇宙人に逢ったんですよ」

「冗談いうなよ」


「冗談じゃないです。　じつをいうと、　おれ

コクヨ　ケ－60　20×20

13……タクシー・ドライバー

もと暴走族でね、　おれの恋人をのせて走ってると宇宙人にぶつかったんだ」

「え……信じられんねえ」

「そいでおれ一人は車からとび出して命は助かったけど彼女は死んじまったんだ」

「なにいってんだよ、　そんなこと信じられるもんか」

「宇宙人は、　死んだおれの恋人のかわりにこの車くれたんだ。　ねえお客さん、　この車へ

15……タクシー・ドライバー

んだと思いませんか?」

「へんってどこが」

「シートがほんのり暖かいでしょ。暖房じゃないですよ。この車の体温なんです。この車、生きてるんですよ」

「ま…まさか!」

「うそじゃありませんよ」

と運転手がいったとたん、前の道路に横たわっているなんか人間らしい影。キキーッ!

17………タクシー・ドライバー

車はひとりでに急ブレーキ。
「誰か倒れてる!」

「しっかりしろよ!なんだ酔っぱらいか
み……ちがう!病人らしいぞ」
「……あ……あ……助けてくれ……たのむ
……私は……私は片山というもんだ……」

「この瓶を……狸穴《まみあな》の……麻布台二丁目の
松谷という家へ届けてくれ……ぜったいに中

味をこぼしてはいかん……大事なもんだ……

……頼みます！」

「それより病院へ」

「私はもうだめだ……たのむ、ぜひそれを
征六へ……」

と、そのときふりしきる雨の中、運転手と
手塚達はさもように、ぬっと現れた黒い影
「その瓶をよこせ　すなおに渡さないと、
きさまもこの男のようになるぞ」

コクヨ　ケ−60　20×20

21……タクシー・ドライバー

ああ、その二つの影ははたしをいかりる敵か……二人は顔色を失った。

そのとき早く、そのときおそく、手塚治虫りポケットにかくしもったる南明墨汁を、ふたをとるが早いか、二つの影にバーッとぶっかけたのでありました。

「うわーっ」突然の目つぶしにたじろぐ二人、

「逃げるんだ！」

23………タクシー・ドライバー

運転手と手派がとびのるや、車は（ダッシュして）まっしぐらに疾走した！

「逃げろ！もっと早く！」

「おい、あんたが運転してないじゃないか」

「この車は自分の判断で逃げるんだ！」

時速200キロの猛スピード！

「いた所《所》は……」

「おい、ここはどこだい」

「ひこって、狸穴《まみあな》ひしよ、麻布台二丁目です
すよ」
「えにっひとりでにまたのか」
「この車は、番地をいえばそこへちゃんと
行くんです。ほら、ここが松谷という人の家
だ」

「どうする」
「どうするって、この瓶るとにかく受取人
に渡さなけりゃあ。入りましょ」

27………タクシー・ドライバー

「なんだかうすっきみわるい家だぜ」
~~カがびときいしい人の住んでる気配すらか~~
~~ありませんね」~~
あるドアをあけると、ヌッと立っている白
髪ふりみだした老人。
「だれだ!!」
「松谷博士さんですか」
「松谷はもうおらん。わしはジンギスタイ
ン博士だ! 出て行け! すぐ出ていかんと

コクヨ　ケー60　20×20

29……タクシー・ドライバー

しめ殺してやるぞ……」

「あっ、あいたは……」運転手が叫んだ

「あなたはあの時の宇宙人の一人……」

「そうか、きさまはあの他の星民族だな。きさまにカーラを渡したのはまちがっておった。あのカーラを返してもらおう!」

「カーラ……あの車のことですか」

「そうだ!」

31………タクシー・ドライバー

「あの車は、遺伝子組み換え技術を駆使してつくった、改造生物だ！　車の姿をしてあるがレッキとした生物なのだ！

わしは松谷とバイオテクノロジーの神といわれた男だ。　わしは神だ。遺伝子組みかえ技術でどんな姿の生物も創造できるぞ！　きさまの持って来たびんの中のものは新しい生物の胚芽だ。　松谷がわしにとどけてくれるはずだった。」

「その使いの人だったんですね。あの人は

33………タクシー・ドライバー

「さあそれをよこせ。ついでにカーラも返してもらおう。うしろをみろ。わしが遺伝子組み換えでつくったゴジラモドキだ。いやというならそいつのエサにしてやるぞ！」

そのとき、ガチャーンというものすごい音と共に、車が邸の中へとびこんだ。

35………タクシー・ドライバー

（そして）タイヤから鋭いノコギリがとび出したかと
思うと、バーッとゴジラモドキをひきさいた
ああ、おそるべき生きた自動車カーラの力！
しかし一瞬、ゴジラモドキのうしろからバッ
とあらわれた怪人その人こそ
「ウハハハハ！
正義の味方黄金バットだ。科学をおもち
ゃにするやつばら、思い知らせてくれるー」
さて、そのつづきはひうかりますすさら、 英

コクヨ　ケ－60　20×20

37………タクシー・ドライバー

金バット カーラの巻 太一郎の絵。

いまのは、まちがい。説明がまったくまちがっていましたのでもう一度。

2

高田馬場に雨がふる。 雨は涙か溜め息か。

夜のとばりに包まれて 降るはしぐれか さみだれか。濡れて立つ身の味気なさ。手旗信号（雨男。）は今夜も終電にまにあわず、セブンビルの前にたつて台風はまうらみつつ、しょぼくれてタクシーを待つのでありました。

「ああ、やっとこさ来た」

41………タクシー・ドライバー

待ちかねて乗りこんだ深夜タクシー
「どこまで？」

「おれんちまで」

「ここ」

「あそうか。会社の車とまちがえた　東久留米だよ」

「助かった、今夜はもう客がないと思ってたんです」

「深夜は客がないの？」

コクヨ　ケ−60　20×20

43………タクシー・ドライバー

「日曜祭日は夜中すぎは客がひろえませんね」

「酔っぱらいがいるだろう」

「酔っぱらいはいやでね、のせない方がいいんですよ。車ん中で寝込んじまったりね。」

「それによく道路でクダまいてるからね」

と運転手がいったとたん　道のまん中に横た

45………タクシー・ドライバー

わっている人影 キキーッ 車はあやうく
寸前で止った。
「行倒れ？」

「しっかりしろよ！ どうしたんだ！」

「ウーイ。おれは……もうだめだ 破産だ。

どうとも かってにしやがれ！ 芸術なんか
くそっくらえだ！」

「あなた誰ですか」

「私？ 私 アニメーターの片山という者

コクヨ ケー60 20×20

[illegible]だよ。アニメに金をつぎこみ、身ぐるみいっさい、サラ金にもってかれたい！尚(高尚)高なるアニメの叔化(権)、断(断)末磨(末磨)……」

そこへバタバタとやって来た二人の黒い影

「困るねえ、利子もはらえねえくせに飲んだくれて……この男はうちから二千万円も借りてアニメなんかにつぎこんだんですぜ。　とんでもねえやつだ」

「こうなったらやとい主のアニメのスタ

ジオへ行って払ってもらおう」

「あんた方！ サラ金にだって血も涙もあるんならこの人の苦労を思ってやったらどうなんだ。この人はな、自分のスタジオでつくってる芸術的なアニメのために、自分をぎせいにして金をかりたんだぞ。 さあこんな立派な芸術家があるか。 泣け。 感動して泣いてみろ」とタマネギあ汁をサラ金にふりかけると サラ金はワッとばかりに泣き出した。

コクヨ ケ−60 20×20

51………タクシー・ドライバー

「にげろ！」

ほかアニメーターを車にのせるやダットの
ひとくまり出したタクシー。

「どこへ逃げるんびす」

「とりあえずあんたのスタジオへ行こう。

そこで倉庫にかくれてりゃみつからないよ」

そしてついたところが六本木にある古い洋
（館）
館、まるで幽霊屋敷のようにうらぶれ

た家を改造して、アニメスタジオにしている
のであります。

「今晩は！」
「だれだね。今日はもう昼食はおことわり
だよ」
「そうじゃないんです。おたくのサーフの
片山さんという人を運んできました」

「なに片山がのんだくれて……可哀そうに、
仕方がないことだ……　わしは、このスタジ

55………タクシー・ドライバー

木の所長の断(断)　末磨(磨)です。
「いや、じつは青い之のじがよらん
びな……こんなばすっぽい色ならあるのじゃ
が、ワレのほしいのは、　人魚のひとみの色
……かぎりなく透明なブルーなんじゃし
「そんなの高いんひしょう。　このん
かよききましたが、　あなたは完(完)全主義で　最
高のものしかつかわないんひすってね。　なめ
らお金がいくらあってもたりないんびすよ」
「そうじゃない！　ワレの作ったアニメは完

57………タクシー・ドライバー

西

れんのか、テレビ局はゴジラブームにあやかってゴジラをつくれという・・・パイロットフィルムはこうやってつくったがワシのつくりたいのは、すんだひとみの少女の心のうごきをとらえた清らかな映画だ・・・それをテレビ局は買わんという！

わしはくだらんフィルムは死んでもつくらん主義だ。フィルムは生きておるんじゃ！」

コクヨ　ケ−60　20×20

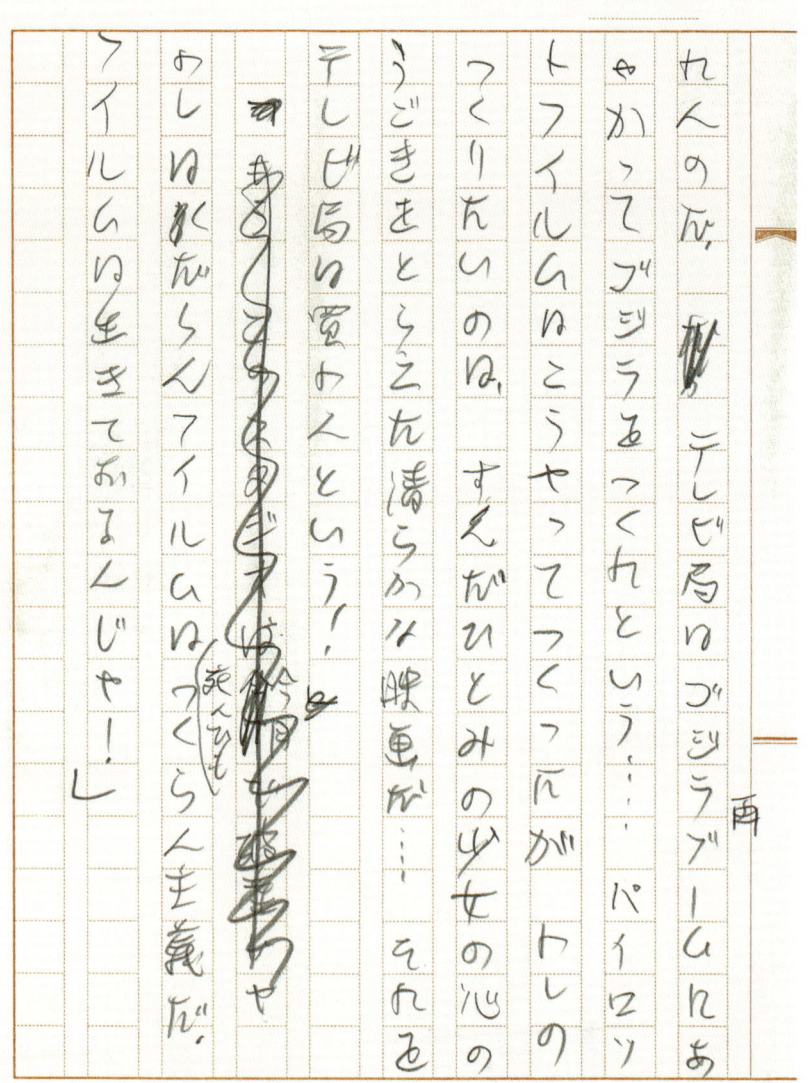

59………タクシー・ドライバー

そのとき、窓(窓)ガラスがガチャーンとわれて
サラ金の車がとびこんできた。血も涙もない
業者は、ついに、良心の灯もふきけしてし
まうのか？

61………タクシー・ドライバー

草原の子テングリ1

Ⓐ

モンブルの草原に、テンブリという少年の部族が、二百頭の牛とわずかなヒツジで遊牧していた。

テンブリは、長老にかわいがられていた。

しかし、理智的で考え深いテンブリの性格はほかの若者たちに気に入らなかった。ときあたかも、ジンギスカンが蒙古帝国をつくり英雄として尊敬（敬）をかちえている時代で、勇しくたけた

B4　20×20

けしい武将になることを夢にえがく若者たちは、ややもすると遊牧の部族者、あらくれ者の集団にするおそれがあった。長老は、遊牧民ははは遊牧民の生活があり、この大自然の中び神を讃えてくらすことが生き甲斐だと信じていた。そういうわけで、ある日、とつぜん長老は、テングリに部族の長のあとつぎをきめて発表してしまった。

テングリは、きびしい試練に立たされることになった。若者たちは、野獣十盗賊(賊)とのたたかいに力のないテンプリを馬鹿にし、ことごとにかれにいやがらせをやった。しかしテンプリはだまってたえながら、しきりに酪農法を研究していた。

その当時、遊牧民族は、（のおもな食料）家畜の乳であった。

そして、肉は、冬場の乳の出ないときの食料であった。つねに肉をたべることは、自分たちの財産を食いつぶすことであった。したがって、冬をどう過ごすかという問題がどの部族にも最大の難問であった。

B4　20×20

2

テングリは、チーズのつくり方を全く自力で考案した。女たちを使って乳を集め、どんどんチーズを作っては貯蔵した。貯蔵法というものを全く問題にしない部族のものたちは、テングリのやりかたを気狂いじみているといって非難した。

その年の冬、はげしい乾期が来て、牛たちはほとんど乳を出さなくなった。テングリはやっとチーズが役に立つ時が来たことを知って、貯蔵車の中をしらべると、チーズは一つ

コクヨ

ものこっていない、わからず屋の一部の者がチーズを旅の途中で捨ててきてしまったのだった。

飢えに目舞われ、ついに牛を殺してたべるしかなくなった一族に、タシグリは、自分がすててきたチーズを探(探)してくるといい残して出て行った。

辰(蜃)気楼や砂あらしになやまされながら、やっとすてた所に来ると、そこにはなにも残っていなかった。

B4　20×20

絶望するテングリ。

はっと気がつくと、武将や兵士たちが目の前に立っている。ジンギスカンの家来たちであった。

テングリはジンギスカンの前へつれて行かれた。ジンギスカンは、自分ももとは遊牧の民であったといい、テングリのつくったチーズを手に入れたが、あのような上等のチーズはまたとなく、テングリに対して莫大な賞と保護(護)を与えるといった。

コフヨ

そして、自分　　は、たたかい、侵略(略)する
ための除ひはなく、人間と家畜のためのに集団
できすきたいのなを話した。
部族に帰ったテンプリは、長老の予言とう
り、りっぱなリーダーとして、一族たちを従
え、生居(活)して行った。

B4　20×20

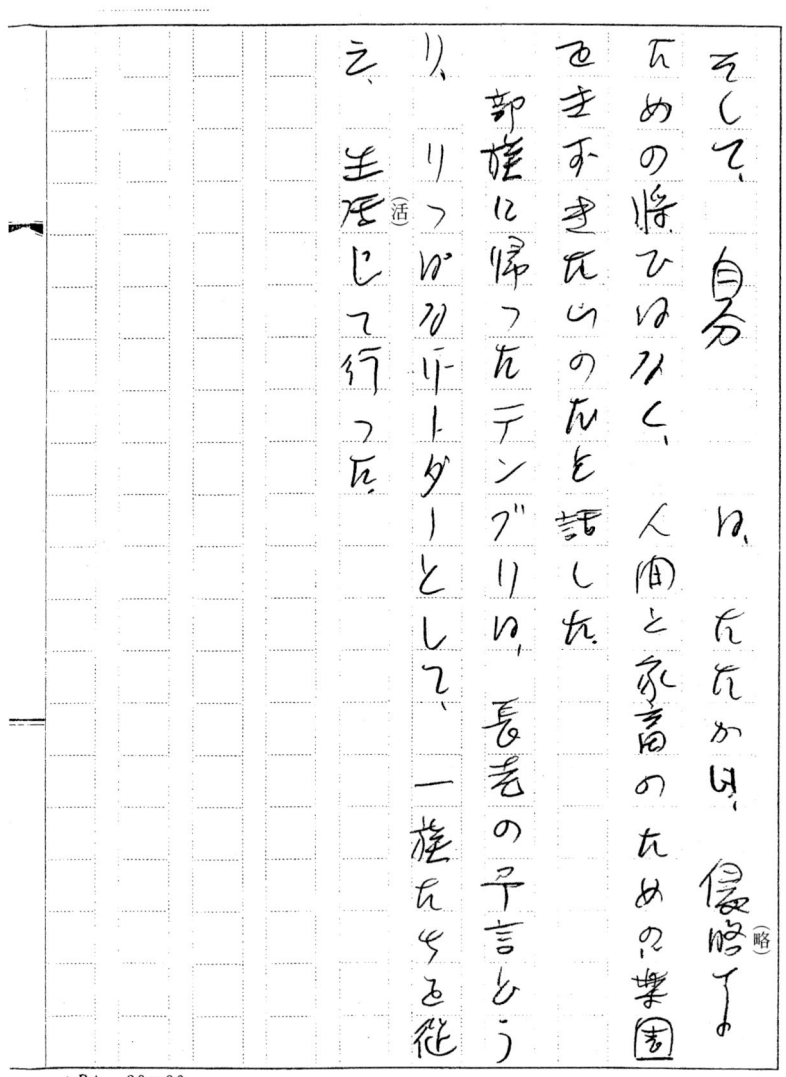

草原の子テングリ2

73………草原の子テングリ 2

(B)

モンゴルの草原に、テングリという少年の
部族が、二百頭の牛と~~五百頭~~わずかな数のヒツジで遊牧
していた。
テングリは、タルタルという美しい小牛と
仲よしであった。タルタルは美しい牝牛《めうし》に生
長し、たくさん乳を出して、テングリたちに
飲ませた。
お(あ)る年、非常に乾(干)ぱ(ば)つがつづいて、牛や羊

B4　20×20

たちは、やせおとろえ、ほとんど乳を出さなくなった。

その年の冬、食物がなくなった一族は、大事な牛を殺して肉を食べるよりほかなくなった。タルタルを殺そうとしたとき、テングリが必死になって、おとなたちをとめ、たくさん乳を提供してくれたタルタルの恩を忘れないでくれと懇願した。いちじい、テングリの心に打たれて、おとなたちは思いとどまったが、はげしい吹雪の中にとじこめられて、ま

77………草原の子テングリ 2

たもヤタルタルを殺そうと相談した。テングりは、ついにタルタルをかこいから出し、て「ここにいると命が危ないから、どこか遠い所で安全にお暮し」といって、逃がしてしまった。

何年かたち、テングリは強くりりしい少年騎手に育った。

牛の数がへったので、一族は、野牛をとらえて飼いならそうということになった。オノリンの原というところに、たくさんの

B4　20×20

野生牛が、黄金の角を持った北牛《めうし》の女王に指導(指導)されて住《す》んでいるところをきいた長老は、その黄金の北牛をとらえてくるようにテングリに命じた。女王をとらえれば、ほかの牛はついてくるだろうと考えたのだ。

テングリは小牛の皮をかぶって群れに近づき

それに気づいた牛たちのためにひどい目にあわされようとした。

それをとめた女王は、テングリになつかしそうに近づいてきた。みる(みる)と、生長したタルタ

コクヨ

ルであった。
タルタルは、テングリに、自分を捕えない
という約束なら、冬でも充分食糧として貯蔵
できる乳の加工品のつくりかたを教えようと
いった。
テングリは、こうしてタルタルからチーズ
のつくり方をならった。
何頭かの牛をタルタルからゆずり受け、都
庭のところへもどってまたテングリは、長老
にそのことを話した。

もう自分は人間と一緒に暮すのはいやだ と話し

B4　20×20

しかし長老の側近の一人は、どうしても首
金角の北牛《めうし》を手に入れたくてたまらず、テン
グリをおどかして、その場所へ案内させよう
とした。
一行は、ステップの辰気楼と、つむじ風に
ほんろうされて、ほとんどいのちをおとす所
まで来た。そのときあらわれたタルタルは、
一行を安全な場所へ案内してやり、いぜん、
命をたすけてくれた恩を返したといい、今後、
永久に人間の前から姿を消すといった。そし

て、テンブリだけは連れて行きたいと希望し、あのチーズの製法は、きっとモンゴル全体に幸運をもたらすだろうと予言したのち、テンブリを背中に乗せて去っていった。
テンブリとタルタルは、きっとどこかで、自由と平和にみちた大自然のたたずまいの中で仲よく暮らしているだろう。

B4　20×20

ワイルド・ワング

85………ワイルド・ワング

ワイルド・ワング（仮題）

　中国の奥地に　ワイルド・ワングという虎が出没する。人喰い虎で、（魔）性がのりうつっているといううわさもあり、誰にも仕止めることができない。
　ワイルド・ワングには妻と、三びきの子どもがいた。これらを人間に捕えられ、つれさ

B4　20×20

られてから凶(凶)暴になったのだ。
もちろん、熊や、その他のけものにとって
も、ワイルドワングはつまはじきの無法者だ
った。

ある日、ワイルドワングは、子連れのメス
虎の所にやってきた。残された子虎は、ワイル
ドワングのすさんな心に一抹の灯をあたえた。
迷惑顔をしながら、ワイルドワングは、子
トラを連れて生活を始めるようになった。
ワイルドワングは養(養)子の彼をセがしとよび

無法者、きびしい斗(闘)争のオキテなどを教えこむ。セガしは苦しみ、父親をにくみながら、それでもひっ死に生きようとする。ワイルドワングが、りょう師に撃(撃)たれて死ぬとき、セガしに遺言をのこした。

「人間に復讐《ふくしゅう》すること、行方のわからぬ妻と三びきの子どもー　おまえの義理の兄弟たちを必ず探しますこと。この二つをきっとうけついでほしい」

そして、セガしに、ワイルドワングの名を

B4　20×20

ゆずった。

ワングはまだ見ぬ母や兄弟たちを求めて、中国からインド、ヨーロッパ、日本とさまざまな体験をしながら旅をする。

そのうちに大きな立派な虎になり、ワイルドワングの勇名は、ハンターや動物たちの口にのぼっていった。

ワングは、なぜ、虎は人間に撃（撃）たれる運命なのか、深い心の苦しみを背負いつつ希望を求めて旅をして行くのだった。

黄金バット

紙芝居………90

配本
校了

93………黄金バット

新編スター名鑑101

森 晴路◉編

ぼくが読者に試みたサービスのひとつに、スター・システムがある。
ぼくは、芝居に凝っていたので、ぼくの作品に出てくる登場人物を、いっさい劇団員のように扱って、いろいろ違った役で多くの作品に登場させた。メイキャップもその都度かえさせ、善玉がたまには悪玉の役をやったり、いろいろ演技のクセなども考えた。（中略）
ぼくのスター・システムは、読者に登場人物への親しみをもたせる意味では、予期以上の効果があった。
（「手塚治虫自伝」より）

お茶の水博士

「鉄腕アトム　アトム大使」でデビューしたが、その博士役はあまりにも有名である。その偉大な鼻のごとく、円満な人柄は、アトムの指導役としてドンピシャリ。とかくロボットに冷たい世間の風に、断固挑戦するヒューマニスト。「鉄腕アトム　火星からかえってきた男」の中の新聞記事では68歳と明示されている。ディズニーの「白雪姫」に出てくる七人の小人のうちの〝グランピイ（怒り屋）〟がモデルである。ほかは「太平洋Xポイント」が代表作だが、テレビアニメ「海底超特急　マリン・エクスプレス」にもそのときの役名ナーゼンコップ博士で出演している。

ケン一《けんいち》

快活明朗、探検好きの少年。１９４７年、手塚治虫の出世作「新宝島」でデビュー。初期の描き下ろし単行本時代は、ほとんどの作品で主人公として、またはヒゲオヤジのよき相談相手として活躍している。年は若いが芸歴は古い。アメリカの古いアニメ「ハピー」の主人公がモデルである。「ケン1探偵長」シリーズでは、さっそうたる主演ぶりを見せている。「鉄腕アトム」にはアトムの同級生の級長としてレギュラー出演。「鉄腕アトム」の第一作「アトム大使」ではもうひとりの主人公である。

ハム・エッグ

デビューは学生時代の作品「オヤヂの宝島」（1945年）。どんぐりまなこにアラビア髭《ひげ》、ちぢれ髪で、かくそうとしてもすぐむき出す出ッ歯が特徴。奸智《かんち》にたけたサギ師役専門で、ランプとは名コンビ。こすくって、ずるくって、ワルヂエがあって、紳士ヅラしてて、オオカミのようで、ケチで、ガメツクて、いくじなし。絶対に刑務所へははいらない。保釈金つむか、ウソの証人をたてて逃げてしまう。悪役でばりばりあばれまくって、ときに主役を食う名演技をする。ミルト・グロッスのマンガ「突喊居士《とっかんこじ》」に登場する男と中学の友だちがモデルである。

ヒゲオヤジ

本名伴俊作《ばんしゅんさく》。デビューは学生時代の作品「オヤヂ探偵」（1942年）。その後私立探偵として、多くの作品に主演。生粋《きっすい》の江戸ッ子、神田の生まれ、若ハゲ、若シラガでいつも蝶《ちょう》ネクタイ、柔道三段、スットン狂で不死身。弥次馬《やじうま》で、正義漢で、やたらと張りきっている。「鉄腕アトム」ではお茶の水小学校の教師で、アトムのいる6年A組の担任。「鉄腕アトム　ホットドッグ兵団」では「こうみえても四十二歳と三ヵ月と七日だぞ」といっている。手塚治虫の中学時代の友人今中クンが描いた今中クンのおじいさんの似顔がモデルである。

猿田

さるた

デビューは「火の鳥　黎明《れいめい》編」（１９６７年）の猿田彦。このとき既にお茶の水博士の先祖という設定になっている。そういう意味ではお茶の水博士と同一キャラクターという解釈も成り立つが、風貌《ふうぼう》、性格から別人とした。火の鳥によって業《ごう》を背負わされているが、「ヤマト編」「羽衣編」「望郷編」には登場しない。「鉄腕アトム　テストパイロット」（１９５６年）に登場するお茶の水博士の子孫を、手塚治虫自身が猿田にそっくりといっているので、これをデビューとしてもいいのかもしれない。ブラック・ジャックの恩師本間丈太郎役がもうひとつの代表作である。

手塚治虫

「奇蹟《きせき》の森のものがたり」「ふしぎ旅行記」では作者として第三者の立場で登場していたが、「化石島」「ピピちゃん」などからは、マンガの中の俳優として、堂々と活躍し始めた。熱演を見せている「バンパイヤ」が代表作だろう。一方自伝的作品「トキワ荘物語」「がちゃぼい一代記」「ゴッドファーザーの息子」「紙の砦《とりで》」「どついたれ」「マコとルミとチイ」などではもちろん主演している。「ブラック・ジャック」にはブラック・ジャックの友人の医者の役で何話かにゲスト出演している。興いたって画面に所かまわず顔を出すのは、枚挙にいとまがない。

ミッチイ

フルネームはミッチイ・ローズモント。往年手塚作品をひとりで背負って立っていたヒロインで、理知的なあるいは神秘的な少女を数多く演じた。演技の幅が広く、「火星博士」ではロボット、「地底国の怪人」では地底国の女王、「奇蹟《きせき》の森のものがたり」では森の女神、「ファウスト」では西洋の王女さま、「メトロポリス」では髪を切って少年の役、「フィルムは生きている」では男装、「新選組」では武家娘。年とともにますます深みをくわえ、後年は「鉄腕アトム」のアトムのおかあさん役など、もっぱら品のよい中年婦人の役をやっている。

モンスター

フルネームはモンスター・ワイズミュラァ。ターザン役がふり出しの、永遠の二枚目。二枚目タイプを買われて西部劇のヒーローに進出し、「漫画大学」「荒野の弾痕《だんこん》」「0《ゼロ》マン」などに姿を見せ、また時代ものでも「スーパー太平記」「夜明け城」などでさっそうとした剣客ぶりを示している。「リボンの騎士」のフランツ、「W３《ワンダースリー》」の星光一役が特に有名である。大人ものにも起用され、「ひょうたん駒子」「雑巾と宝石」「週間探偵登場」などに出演。万能スポーツマンで、水泳、ゴルフ、バスケットボール、柔道、銃、腕ずもう、あんま、マージャン、何でもこい。

ランプ

フルネームはアセチレン・ランプ。デビューは学生時代の作品「ロストワールド　私家版」（１９４４年）の新聞記者。以来ハードボイルドなギャング役にまわって活躍を続けた。コウフンすると後頭部のへこんだところに立つロウソクの火がともる奇癖がある。ものすごい近眼。格子縞《こうしじま》の服をいつも着ている。「大洪水時代」では性格演技をみせ、豪傑塙《ばん》団右衛門に扮《ふん》した「おれは猿飛だ！」もいい。手塚治虫の小学校時代の同級生木下クンがモデルである。晩年の劇画的大作「アドルフに告ぐ」（１９８３年）にもハム・エッグとともに出演し、読者を驚かせた。

ロック

フルネームはロック・ホーム。シャーロック・ホームズの名前をもじったように、少年名探偵で売り出したスターである。ケン一少年やアトムにくらべて、理知的なマスクで、冷たくドライな感じがする。ポマードでもつけているのか、髪の毛が光っている。「バンパイヤ」の生きるためにはどんな悪事を働いてもいいと思っている間久部緑郎《まくべろくろう》役で新生面をひらき、女性ファンを惹《ひ》きつけた。しかしそれ以来悪役のイメージが強くなった。「火の鳥　未来編」「原人イシの物語」「メタモルフォーゼ　ウォビット」などで印象深い演技をしている。

アトム

１９５１年『少年』誌にデビューし、２０１１年はデビュー60周年である。誕生日は２００３年４月７日。科学省長官天馬博士により、交通事故で失った一人息子飛雄《とびお》そっくりのロボットとして作られた。７つの偉力を持っているが、それは、十万馬力の力、ジェット推進器で空を飛べる、どんなむずかしい計算も１秒でできる、目はサーチライトになる、60か国語を自由に話せる、聴力は一千倍になる、相手が良い人間か悪い人間か見分けられるというものである。アトムといえば今やロボットの代名詞だが、「世界を滅ぼす男」ではアトムではない役に扮《ふん》した。

1985年1月15日　サイン会にて

アッゴ

「サボテン君」の保安官役でデビュー。ほかに「化石島」の西部劇のエピソードや「黒い峡谷」「豆大統領」「荒野の弾痕《だんこん》」、最後の西部劇「空気の底　グランドメサの決闘」（１９６９年）などに出演している。一見地味で人のよさそうな保安官だが、西部劇には欠かせない存在のようである。

アフィル

フルネームはアフィル・ガッチョー。あだ名のアヒルが示すとおり、アヒルがモデルのスター。学生時代の作品「ロストワールド　私家版」で、○国間諜団《かんちょうだん》の支部長としてデビュー。ほかは「後藤又兵衛」「ブラック・ジャック　畸形嚢腫《きけいのうしゅ》パート２」が印象深い。

一銭ハゲ

学生時代の作品「オヤヂの宝島」（１９４５年）で、ハム・エッグの子分クユ役としてデビュー。気のよわい悪役。「冒険狂時代」ではピーター・ローレイと名のっているが、これはユダヤ人の個性派俳優ピーター・ローレのもじり。「ブラック・ジャック」でさまざまなエピソードに出演。

ウイスキー

「来《きた》るべき世界」のウラン連邦のウイスキー長官役でデビュー。「タイガー博士の珍旅行」の自然党の党首サキソフォン、「火星からきた男」のマルピギー博士、「ジャングル大帝」のアルベルト、「鉄腕アトム　ゲルニカ」のゲルニカ研究者、「来《きた》るべき人類」の草津隊長などが代表作。

ウラン

アトムの妹ロボット。お茶の水博士がつくり、「透明巨人」事件解決のお祝いにアトムにプレゼントした。お茶の水小学校の一年生。アトムと同じ十万馬力だが、空を飛ぶ能力はない。やんちゃでかわいいが、そのおてんばぶりは演技賞もの。戦い一筋のプルートウの心まで揺り動かした。

大場加三太郎《おおば・かみたろう》

学生時代の作品「ロストワールド　私家版」でデビュー。しかして「ロストワールド」の、ヒゲオヤジを死ぬまで油断のならないやつだと思っている、うたぐり深い男の役が代表作。いわゆる大部屋俳優で、リキさんとは竹馬の友。

オクチン

短編連作「ザ・クレーター」シリーズの主人公。主に奥野隆一の名でいろいろな役を演じている。オクチンの年齢や性格は、作品によって異なる。別の作品なのに主人公が同じなのは、読者に統一感を持たせるためだそうだ。「ブラック・ジャック　三者三様」にゲスト出演している。

小田原丁珍

「後藤又兵衛」の小田原十四郎役でデビュー。「丹下左膳」の小田原、「アリと巨人」の小田原と続き、極めつけは「七色いんこ」の小田原丁珍。役名がこんなに同じなのは珍しい。だれかモデルがいるのであろう。時代劇出演が多く、そのほとんどが悪人のとりまき役である。

オッサン

高瀬実乗の遠い親戚で、ひょうぜんと「怪盗黄金バット」のチンチクリン博士で登場したヌーボー役者。まぬけなほどにすっとぼけた味が本領。なお彼は平生真面目なクリスチャンとか。深刻な役にも出ているが、ミスキャストのことが多い。「弁慶」の平泡盛役が印象に残る。

カオー・セッケン

花王石鹸といえば月のマークということで、当時のシワのある老人顔の月のマークをモデルにして生みだされたスター。学生時代の作品「ロストワールド　私家版」で、○国間諜団《かんちょうだん》の一員としてデビュー。スパイ役にむいている小男。「勇者ダン」「ビッグX」で活躍している。

ガロン

「魔神ガロン」でデビューした組み立て人間。「鉄腕アトム　アトム対ガロン」、「マグマ大使　ブラック・ガロン編」などSFアクションの大作に起用される。胸の中にピックがいないと善悪を判断する力がなく、盲目的な破壊を強行する。アトムさえ歯が立たぬエネルギーの持ち主だ。

キリコ

〝死に神の化身《けしん》〟というアダ名の医者で、依頼を受けて安楽死をとげさせることを商売にしている。もと軍医で、戦場で手当てのしようもない重症の患者を安楽死させてやると喜ばれたので、殺し屋の医者になった。「火の鳥　乱世編」には、木曽義仲の軍師の役で登場している。

金三角《きんさんかく》

「鉄腕アトム」で断続的に顔を見せている、国際的陰謀団の親玉。旺盛な組織力で、つぶされてもつぶされても、徒党を組んで、アトムやヒゲオヤジを苦しめる。手塚治虫の小学校時代の同級生石原クンがモデルである。命名は「アルセーヌ・ルパン」シリーズの一篇の題名からである。

下田警部《げた・けいぶ》

「くろい宇宙線」でデビューした、出演作のほとんどが警部役という特異なスター。時代劇「陽だまりの樹」では南町奉行所の同心、西部劇「荒野の弾痕」では保安官である。天才肌ではなく、こつこつと足で調べる堅実で慎重な刑事。「旋風Z」「バンパイヤ」「奇子《あやこ》」などに出演。

ココア

「来《きた》るべき世界」のココアとポポーニャ、「ナスビ女王」の丘タカ子、「とんから谷物語」の塩辛サナエ、「ケン1探偵長　透明人間」のエリゼ・ベーリンゲンが主な出演である。「来るべき世界」のココアは、自分のことしか頭にない、わがまま育ちで心のせまい少女だったが……。

佐々木小次郎

「おお！われら三人」でデビューした快男児で、名のとおり剣をとっては天下無敵。ただし、気が短くてけんかっ早いのが玉にきず。わがままで、坊ちゃん気質で、人がいい。「フィルムは生きている」では剣をペンにかえての大奮闘。乱闘国会のニュースを見るのがメシより好き。

サターン

デビューは「魔法屋敷」の悪魔大王。「鉄腕アトム　ロボットランド」では、アトムと大格闘を演ずる凶悪残酷なロボット。「リボンの騎士」に登場する大魔王も同じスター。「ブラック・ジャック　魔王大尉」では、ベトナムで農民を虐殺したために心に傷を持つケネス大尉を好演した。

サットン

フルネームはフレデリック・サットン。「吸血魔団」のダダプート首領役でデビュー。「月世界紳士」の満月博士、「拳銃天使」のフレデリック・サットン、「ふしぎ旅行記」のチルチル、「キャプテンＫｅｎ」の星野などが主な役柄。

サファイア

別名をリボンの騎士。サファイアは、天使チンクのいたずらのため、男と女の二つの心を持つ。その結果、シルバーランド国の王女として生まれたが、王子でなければ王位につけないという国の掟《おきて》のために、王子として育てられることになる。そして隣国の王子フランツと恋に落ちる。

サボテン君

朝寝朝湯にミルクが大すき。ガニ股《また》で拳銃の名手。男に強く女に弱い西部劇のヒーロー。ヘック・ベンと決闘するクライマックスが印象的だった。坊主がりして「大洪水時代」にも出た。「快傑シラノ」ではクリスチャン役。「アリと巨人」の佐保警部役は意外だった。

四部垣《しぶがき》

アトムと6年A組同級のガキ大将。「フランケンシュタイン」の、アトムのおとうさんをいじめているというインパクトのあるシーンで初登場。金持の息子だが、質実剛健、柔道は三段の腕前だそうだ。赤い猫に監禁されても、あしたの宿題をやらなくていいと喜ぶほどの宿題嫌い。

写楽保介《しゃらく・ほうすけ》

大穴中学2年生。ひたいに第三の目がある三つ目族の生き残りの子孫。普段はバンソウコを貼ってその目をかくしているが、バンソウコをはがすと異常なほどの知能を発揮し、念力を使い、恐ろしいことをしでかす悪魔のプリンスに変身する。「ブッダ」のアッサジ役で新生面を見せた。

ジュラルミン大公

サファイアに次ぐ王位継承権第2位である息子のプラスチックを、シルバーランド国の王位につけたいと思っている悪人。ゲジゲジ眉毛《まゆげ》であることから、ゲジゲジ大公とアダ名される。部下のナイロン卿を使って、サファイアが王子か王女かさぐらせるがうまくいかない。

スカンク草井

デビューは「鉄腕アトム　電光人間」（1955年）。アメリカの俳優リチャード・ウィドマークがモデルの、ハードボイルドな悪役。「へへ！へへ！」と笑うくせがある。ランプやハム・エッグよりはるかに徹底した悪の信条を持っている。冷酷な性格から、登場作品が限られている。

スパイダー

道化役で意味のない場面によく出る。ハナが自由にのびちぢみして、何かにつけて「オムカエデゴンス」という。したがって送り迎えの場面に執事のように登場することが多い。「右まちがいでごんす」「郵便でごんす」「答案用紙くばるでごんす」というようなセリフもいう。

孫悟空

十万八千里を飛ぶキント雲にのり、ニョイ棒をふるう、「ぼくの孫悟空」の主人公。アニメの「西遊記」や「悟空の大冒険」の原型である。三蔵法師、八戒《はっかい》、沙悟浄《さごじょう》と組み、目ざすはおシャカさまのおわす天竺《てんじく》。話は原作と同じだが、手塚流にアレンジされた野放図な活躍が愉快である。

タコ

デビューは「ジャングル魔境」のサーカス団員。上海生まれの中国人。ナイフを持たせたら敵なしで、「メトロポリス」ではナイフ投げの名人を演じている。奇妙なマスクのため損をしており、オッサンや凸凹コンビらといっしょにその他大勢の悪役で登場する場合が多い。

タック

お人よしでデブの凸凹コンビのひとり。別名カルピス。デビュー作「怪盗黄金バット」以来、相方《あいかた》のチック（ラムネ）とともにギャグとドタバタを一手にひきうけて笑いをふりまく。「珍アラビアンナイト」「ライオンブックス　くろい宇宙線」では事実上主役をこなしている。

タマちゃん

本名大目　玉男。「鉄腕アトム」の第一作「アトム大使」の事実上の主人公である。アトムが学校に通い始めてからは、同級生になる。極度の近眼で、臆病《おくびょう》。いじめられっ子であるタマオは、手塚治虫の分身だと考えられる。父、母、姉の4人家族だが、全員メガネをかけている。

田鷲警部

「鉄腕アトム　気体人間」でデビュー。アンチ・ロボット派で、ことごとにアトムと衝突するが、たび重なるミスにもかかわらず、頑として考えを改めない。アトムが「いつも田鷲警部はわからずやだなあ」といっている。そのドラマチックな対立が作品の骨を太くしている。

力有武《ちから・ありたけ》

リキさんと呼ばれている。柔道七段、ボクシングはミドル級チャンピオン、硬骨の熱血漢を演ずる。横山隆一の「フクちゃん」に出てくるアラクマさんがモデル。生活派なので、現実のごみごみした舞台に立つことが多い。「0マン」プロローグの日本男児が印象に残る。

チック

のっぽでうるさ型の凸凹コンビのひとり。別名ラムネ。相方のタックとともに、チック・タック、あるいはラムネ・カルピスの役名で登場する、手塚治虫とっておきのコメディー・リリーフ。「拳銃天使」「氏神さまの火」「足あと温泉」「新世界ルルー」「ふしぎ旅行記」「0マン」など。

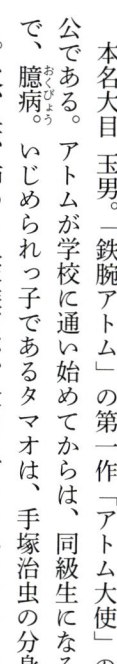

デコーン

「サボテン！銃をとれ」の医者役でデビュー。「ロック冒険記」ではディモン星の観測を続けて、星の表面の暗い部分がキラリと光るのを発見し、これは〝デコーン現象〟と名づけられた。「ブラック・ジャック　山猫少年」のトリュフォー先生が晩年の代表作だろう。

デコビン

代表作は「サボテン君」の父親役で、その後地味なチョイ役に精進している。デビューは古く「キングコング」。「W3《ワンダースリー》」など、恐妻家を演ずるとことに光る。「怪盗黄金バット」「森の四剣士」「拳銃天使」「ふしぎ旅行記」など。

テツノのオッサン

手塚治虫の少年時代、となりの家にいた大工さんが名前のモデル。いつもタバコを何本もくわえている。「新・聊斎志異《りょうさいしい》　女郎蜘蛛《じょろうぐも》」でデビュー。「火の鳥　復活編」「ガラスの脳」「アラバスター」「ふしぎなメルモ」などに立て続けに出演したヤジ馬的なチョイ役専門スター。

天下太平

長編大人マンガ「人間ども集まれ！」でデビュー。太平の精子にはシッポが2本あり、それを使って人工受精を試みると、男で女でもない〝無性人間〟という新人類が誕生した。おじさんくさいが、意外に若い。ほかに「ライオンブックス　成功のあまきかおり」でも主演。

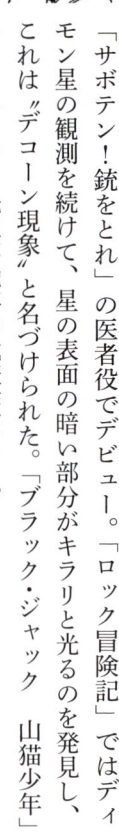

天馬博士

アトムの生みの親。ロボット製造の最高権威。本名天馬午太郎《てんまうまたろう》。ひのえうま年（1966年）生まれ。群馬県出身。練馬大学卒業後、高田馬場にある科学省任官試験にパス、のち科学省長官となる。一人息子の飛雄を交通事故で失い、アトムをつくりあげる。

ドジエモン

デビューは「キングコング」。鈍重な持ち味が珍重され、ジャングルものには欠くことのできない存在になった。「ジャングル大帝」が代表作。出演作は無数。「ブラック・ジャック　過ぎさりし一瞬」のタクシーの運転手役が最後の重要な役どころといっていいかもしれない。

トッペイ

本名立花特平《たちばなとくへい》。満月を見るとオオカミに変身するオオカミ男。心から人を憎んだり怖れたりしても変身する。手塚治虫が主宰するアニメ製作会社虫プロダクションに入社。人間でいるときは悪魔のようなロックが憎いが、オオカミになると心惹《ひ》かれてしまう。

どろろ

どろろはどろぼうが、どろろう→どろろとなまったもの。どろろは日本の敗戦直後の浮浪児のイメージだそうである。どろろの父・火袋《ひぶくろ》と母・お自夜《じや》はむかし農民だったが、火袋はさむらいと戦って死に、お自夜は雪の中で凍え死ぬ。そのためどろろは孤児となり旅に出る。

東南西北《トンナンシーペー》

「ロック冒険記」でデビュー。目尻のつり上がった東洋的容貌《ようぼう》の紳士だが、一皮むけば世界を股《また》にかけるスケールの大きい悪党になる。キザで尊大で一文無し。がりがり亡者《もうじゃ》をやらせたら、彼の右に出る者なし。「複眼魔人」「0《ゼロ》マン」などに出演。

ナイロン

「リボンの騎士」に登場した、特異な敵役。ボスであるジュラルミン大公のチエ袋となって悪計をめぐらす。べらぼうな鼻の持ち主で、ボリュームではお茶の水博士に劣るが、得意になったときの高さはすごい。

中村捜査課長

「鉄腕アトム　気体人間」で田鷲警部とコンビで初登場。田鷲警部に比べ親ロボット派。名前の由来は、江戸川乱歩の少年小説「怪人二十面相」の登場人物中村捜査係長からである。ヒゲオヤジと仲がよく、いっしょにオデンを食べにいったりしている。「フライングベン」に特別出演。

ノールス・ヌケトール

デビューは「奇蹟《きせき》の森のものがたり」。年中葉巻をくわえているくせに、口やかましく、人使いが荒い。編集長役が多く、部下になる凸凹コンビにとってはこわい上役。権威におもねるインテリの弱さを好演する。「メトロポリス」「ふしぎ旅行記」「新世界ルルー」「罪と罰」ほかに出演。

ノタアリン

デビューは「メトロポリス」。ノタアリンという名よりも、「漫画大学」「漫画生物学」に出演し、ナンデモカンデモ博士という講義の先生でおなじみ。愛すべきカンシャクもちで、そそっかしいのんき者。「ジャングル大帝」「来《きた》るべき世界」では、レッド公に対抗する教授、政治家。

ノラキュラ

デビューは「ミクロイドS」（1973年）のイビリ役の悪徳教師。「三つ目がとおる」でも写楽をイビって存在感を示しているが、「ブラック・ジャック　不発弾」ではブラック・ジャックが少年時代に遭った爆発事故の原因である不発弾の処理作業をした自衛隊員という重要な役だった。

ノンキメガネ

デビューは学生時代の作品「オヤヂ探偵」（1943年）のヒゲオヤジの相棒役。麻生豊の「ノンキなトウサン」に似た人物。鼻はだんご鼻、丸いめがね。下宿のおじさんのような役が多い。他人はあわてても、けっして本人は動揺しないというタイプ。まぬけで要領がよく、ヤキイモが好き。

花丸先生

「大空魔王」でデビュー。本名花麿、もと貴族、世界一のヒゲとおなかをもつ好々爺《こうこうや》。「メトロポリス」のヨークシャー・ベル博士、「来るべき世界」の山田野加賀士博士など科学者の役でよく出るが、ほがらかでにくめないバイ・プレヤーである。ほか「ジェットキング」「ビッグX」など。

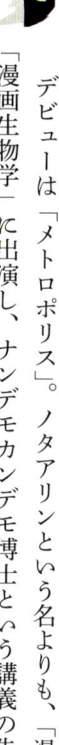

白骨船長

白骨船長は『おもしろブック』1957年6月号の別冊付録「ライオンブックス　白骨船長」の登場人物。「ライオンブックス」は1956年8月号から毎月1冊描かれたB5判の別冊付録シリーズである。「白骨船長」のほか、「来《きた》るべき人類」「くろい宇宙線」「宇宙空港」「緑の猫」「恐怖山脈」「狂った国境」「双生児殺人事件」「複眼魔人」「荒野の弾痕」の全10作品からなる。SFを本格的にもりこんだ作品として高く評価された（「荒野の弾痕」のみ西部劇）。「白骨船長」はその中でも特に読者に人気の高い作品である。

1985年1月15日　サイン会にて

花輪重志

はなわ・おもし

デビューは学生時代の作品「ロストワールド　私家版」の邪我汰良介《じゃがたりょうすけ》理学士の執事役。気が小さく、卒倒の名人。その他「ジャングル大帝」のダンディ・アダムの子分、「ライオンブックス　白骨船長」のデクボー、「スリル博士」の生物学者の執事など。

馬場のぼる

実在のマンガ家・絵本作家。１９２７年10月18日青森県三戸町生まれ。２００１年４月７日没。福井英一、高野よしてるとともに「38度線上の怪物」の結核におかされた少年の同僚役でデビュー。「Ｗ３《ワンダースリー》」では主人公真一少年の恩師役を好演。「フィルムは生きている」など出演作多数。

ピーター

「仮面の冒険児」に一人二役で出演してデビュー。その後「奇蹟《きせき》の森のものがたり」のロビン・キッド、「ファウスト」のファウストなどを演じる。

ヒゲダルマ

「奇蹟の森のものがたり」のルイジ・バンパ役でデビュー。「平原太平記」で主役の須田紋左《すだもんざ》を演じ、その後「夏草物語」の久奴木楢丸《くぬぎならまる》、「キャプテンＫｅｎ」の土丹抜太《どたんばったん》役などで、黒いヒゲづらで力演をつづけている。

ピノコ

畸形嚢腫《きけいのうしゅ》で生まれたのを、ブラック・ジャックが手術で人間の形に再生した女の子。岬の丘の上にある診療所に同居している。自称18歳でブラック・ジャックのおくたんだが、幼稚園児にしか見えない。ピノコ語で話し、「アッチョンブリケ」など独自の造語と決めポーズを持つ。

火の鳥

旧ソ連のアニメ映画「イワンと仔馬《こうま》」（1947年）に登場する火の鳥がモデル。火の鳥の生き血を飲んだものは絶対に死なないからだになるという。人間以上の知恵があり、何千年も生きている不死鳥である。「未来編」では、〝宇宙生命（コスモゾーン）〟の集合体だと説明されている。

百鬼丸《ひゃっきまる》

父醍《だい》醐《ご》景光《かげみつ》の天下を取りたいという野望の犠牲になり、からだの48ヵ所をそれぞれ48の魔神に奪われて生まれた。川へ捨てられるが、医者の寿海《じゅかい》に拾われ、義眼や義手や義足などをつくってもらう。ものを感じたり意思を伝えたりする超能力を持つ。

フースケ

「サイテイ招待席　ペックスばんざい」でデビュー。本名は下村風介。名前は実在のアシスタントの愛称がもとになっている。当時アシスタントのあいだでは、愛称を〝～スケ〟とつけるのがはやっていた。フーテンみたいな男ということで、フースケと名づけられたわけである。

ヒョウタンツギ

デビューはヒゲオヤジより古く、「フクチャンと魚釣」というマンガの中に初めて登場。手塚治虫が妹美奈子といっしょにラクガキしていた小学生のとき、美奈子によって考えだされた。一種異様な怪物だがキノコの一種で、自分の頭の上から子どもをニョキニョキ生む。ものによくすいつき、怒るとガスを吹き出す。ビタミンに富みカロリー栄養豊富なので、さむい時にスープに入れてのむと、ニンニクのように汗をかくほどあたたまり、冬の食料として好適だそうである。実験アニメーション「ある街角の物語」ではシネスコ画面いっぱいに出現し、観客を驚喜させた。

アニメ「ある街角の物語」(1962 年)より

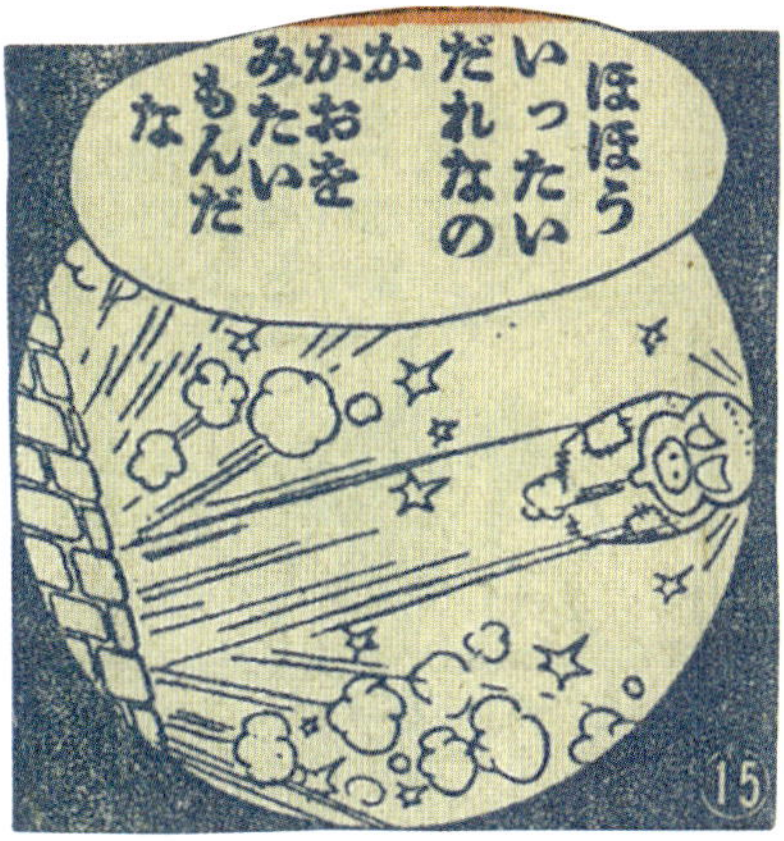

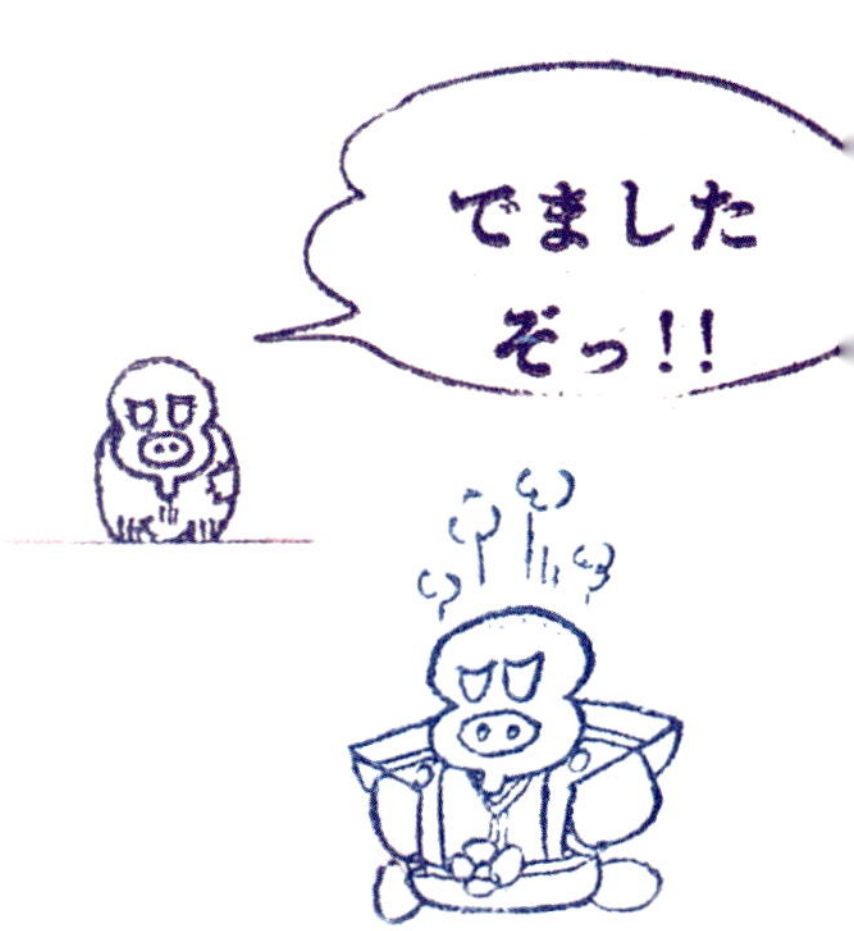

マンガ「フクチャンと魚釣」の一場面（1939年頃）

フーラー博士

テレビアニメ「鉄腕アトム　マッド・マシーン」（1963年7月9日放映）で初登場し、マッド・マシーンを使って金もうけをたくらむ、世にもがめつい科学者。以後「ブラック・ジャック」の可仁《かに》博士、「ドン・ドラキュラ」のヴァン・ヘルシング教授などの重要な役を演じている。

ブクツギキュ

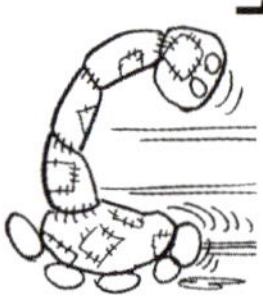

石焼きいもの屋台のようなかっこうで、湯気をたてている。正体不明。ヒョウタンツギの弟分で、同じような使われかたをしているが、ガスは発射しない。ぬいぐるみの人形からヒントを得てつくられた。

ブク・ブック

デビューは「新宝島」の海賊ボアール。押しの強いボス役がピッタリの怪漢で、品のよい敵役に珍重される。「二千年后の世界」のレロ博士、「メトロポリス」のガニマールなど意外な役にも抜擢《ばってき》されている。「ジャングル魔境」「平原太平記」「新世界ルルー」「0《ゼロ》マン」などに出演。

ブタナギ

蝶《ちょう》のサナギからヒントを得てつくられた。ヒョウタンツギと人気を二分する奇怪な虫で、ものすごい笑いジョウゴ。登場人物に便乗して、すみっこのほうでいつも笑っている。ゲタゲタ笑ってはつぶれてしまう。「ブラック・ジャック」に数多く出演している。

ブタモ・マケル

デビューは学生時代の作品「ロストワールド　私家版」。豚藻《ぶたも》負児《まける》博士は敷島博士の研究所で植物の研究をして、植物を人間化させたあやめともみじをつくりだす。「メトロポリス」ではチャールズ・ロートン博士として、超人ミッチイをつくりあげる。「新宝島」の船長役も有名。

ブッダ

紀元前6世紀頃に実在した人物、生没年不詳、仏教の開祖。ブッダ（仏陀）とは悟った人という意味である。幼名はシッダルタ。「ぼくの孫悟空」に登場するおシャカさまは同一人物。クシナガラの林でヒョウタンツギを食べて食当たりを起こし、沙羅《さら》双樹《そうじゅ》の下で入滅した。

ブラック・ジャック

本名間《はざま》黒男《くろお》、年齢28歳前後。無免許だが世界一の外科手術の腕を持つ医者。一回の手術料は何千万円と高額だが、天才的なその腕を頼って世界中から患者がやってくる。いつも黒いコートを着用し、コートの裏には手術用のメスを仕込んでいる。ほか「火の鳥　望郷編」に出演。

フランケンシュタイン

「有尾人」でデビュー。名のごとくいともおそるべきご面相をしたスターで、押し出しがきく。しかしふしぎなことに、この男には、完全な悪役をふられたことがない。顔に似合わぬ心意気を持つことは、「フィルムは生きている」の力演でおわかりだろう。

ヘック・ベン

ロンメルとともに、映画スターをモデルにした三人の男のうちのひとり、モデルは、これも死んだ名優トム・タイラー。デビューは「サボテン君」であるが、以来西部劇づいて、かならず敵役に顔を出す。そのほか「あらしの妖精」「0《ゼロ》マン」「荒野の弾痕」「旋風Z」などに出演。

マグマ

地球の造物主アースに、地球征服をたくらむゴアと戦うためにつくられたロケット人間。ふだんは人間の姿をしているが、空を飛ぶときはロケットに変身する。頭のつのは熱戦砲になり、腕はジェット気流をまきおこし、胸の中にはミサイルが入っている。妻のモルと息子のガムがいる。

ママー

大木合名会社ののどあめ〝ママー〟のマークをヒントに生みだされたスター。手塚治虫は小学生時代、ママーを主人公に「ママーたむていものがたり」などのマンガを描きまくっていた。一般には「ターザンの秘密基地」でデビュー。「七色いんこ」で〝ホンネ〟として大復活。

丸首ブーン

「鉄腕アトム　ロボット爆弾」に出たのが最初で、新しいセンスと雰囲気によって、既成のスターたちを完全に食ってしまった。押し出しのきくとNO.1、重量感のある敵役として「魔神ガロン」「ビッグX」などで大活躍。主役の「空気の底　野郎と断崖」が代表作である。

三日月

「魔法屋敷」の科学者のひとりとしてデビュー。その後、「吸血魔団」のイヨア副首領、「月世界紳士」の三日月博士、「メトロポリス」のシャーロック・ホームズなどを演じる。

ミイちゃん

デビューは学生時代の作品「ロストワールド　私家版」。擬人化されたウサギで、半ズボンをはいている。当時唯一の動物スターで、かわいさが人気を呼んだ。「地底国の怪人」「森の四剣士」「月世界紳士」「ふしぎ旅行記」、成長した姿の「流線型事件」と矢継ぎ早に好演技を見せた。

ミッツン

ヨッツンの義理の妹、もしくは女房。モンペとロール巻の典型的苦労性だが、馬鹿正直なヨッツンよりははるかに世渡りがうまく、いつもヨッツンの尻についてまわってうまい汁を吸っている。そして感情は人一倍ロマンチックである。「太平洋Xポイント」「旋風Z」などに出演。

宮本武蔵

佐々木小次郎を敵役として、「フィルムは生きている」でデビューした。以来「ナンバー7《セブン》」の大島七郎、「タツマキ号航海記」の七郎、「ハトよ天まで」のハト丸（タカ丸）として活躍。「ブラック・ジャック　動けソロモン」は「フィルムは生きている」のセルフパロディである。

ムッシュ・アンペア

デビュー作「ふしぎ旅行記」において、彫りの深い顔で、二重人格という難役をこなし、早くも評判になった。地味な個性だが出演回数は多い。「鉄腕アトム　冷凍人間」の墓荒らし、「罪と罰」のスビドリガイロフ、「複眼魔人」のアー坊の父親、「0《ゼロ》マン」の元医者ジム役などで活躍。

メイスン

映画三人男のうちのひとりで、モデルはイギリスの俳優ジェームズ・メイスン。アメリカ映画「ゼンダ城の虜《とりこ》」の影響を受けた「ナスビ女王と宝石」がデビュー作。しぶい敵役でときにはヒーロー又はヒロインの父親役ともなる。「大洪水時代」「エンゼルの丘」などに出演している。

メルモ

メルモの持っている魔法のキャンデーは、交通事故で死んだおかあさんが天国の神さまからもらったもので、青い色のをひとつぶたべると十歳年をとってなりたい大人に変身でき、赤い色のはひとつぶで十歳若返りもとにもどれる。「アポロの歌」の渡ひろみはメルモの成長した姿である。

メロン・キッド

「レモン・キッド」でデビューした西部のならず者。名前は映画「駅馬車」の主人公リンゴ・キッドからきている。「W3《ワンダースリー》」のF9号、「ビッグX」の月船のカリスト隊長、「ブラック・ジャック　焼け焦げた人形」の奏竜組組長、「低俗天使」の四谷仁吉などで存在感を示している。

モクサン

「ジャングル大帝」の役名クッターのほうが通りがいいかもしれない。名に恥じず、朝から晩まで食ってばかりいる。性格は茫洋《ぼうよう》としてつかみがたい。「ジャングル大帝」では、レオ誕生のシーンでいい味を見せている。「ポパイ」に原型がある。「ファウスト」では大蔵大臣を熱演。

ユニコ

一角獣の子どもで、ふだんは人間になつかないが、一度なつくとその人間に永遠の幸福をもたらす。美の女神ビーナスにうとまれたユニコは、西風の精ゼフィルスの手で時の流れの彼方に捨てられる。記憶を失って自分の名前しかおぼえていないユニコは、いろいろな世界をさまよう。

ヨッツン

主として下男やコック、お抱え運転手などに扮《ふん》して現われるが、デビューはもっとも古いスターのひとり。意味のない狂言まわしのような場合が多い。ミッツンと夫婦で出ることもある。品がない。「つとめ先ないから坐《すわ》らしてくれ」が得意のセリフである。「新世界ルルー」などに出演。

ラビちゃん

幼児向きスターとして定評があるウサギ。絵本「らびちゃんつきへいく」で主演している。絵本ではふきかえ用のロボットと共演したが、ロボットの単独出演作にテレビアニメ「鉄腕アトム　アトム誕生」がある。特技は声帯模写。

リーロフ

「大空《だいくう》魔王」でデビュー。よく酔っ払って演技をするので、あまり認められない、ものすごいアルコール中毒スター。「来《きた》るべき世界」のウラン連邦の不沈艦ネコイラーズの司令官ボローキン大佐が代表作。ほか「ファウスト」「ライオンブックス　狂った国境」などに出演。

リイコ

手塚作品初期の少女スター。「一千年后の世界」「妖怪探偵団」「仮面の冒険児」「ふしぎ旅行記」など次々と起用されたが、特異な髪型に比し、かれん一点ばりで個性に乏しく、その後引退した。「拳銃天使」において日本マンガ史上初のキスシーンをモンスターと演じた。

リッキー

本名力力也《ちからりきや》。大作「0《ゼロ》マン」の主人公。リスが進化して、人間にもまさる知能を獲得した未来の人類0マンの子ども。人間の世界で育ったので、両方を和解させようと努力する健気《けなげ》な少年。その足の打撃力は強い。ヤリの先が磁石になる武器ヤモリを考えだした。

レオ

代表作「ジャングル大帝」の主人公。日本人のケン一とそのおじさんのヒゲオヤジに育てられたレオは、故郷のアフリカのムーン山のふもとのジャングルに帰り、ジャングルが自分の思っていた理想の国と違うことを知り、動物たちが安心してすめるユートピアを築こうとする。

レッド公

オウムの顔から思いついたスター。「メトロポリス」の悪役で、俄然《がぜん》人気沸騰《ふっとう》。その後一時はランプをしのぐほどの売れっ子となって、非常にたくさんの作品に出演した。中でも「ジャングル大帝」「来るべき世界」「罪と罰」「快傑シラノ」などでは主役を圧倒する名演技を見せている。

ロンメル

「ジャングル大帝」でデビュー、モデルは亡き名優エリッヒ・フォン・シュトロハイム。モデル同様、貴族的で孤高のプライドを持ち、妥協を許さず、常に我が道を行く。「ジャングル大帝」における彼の奮戦と死は、代表的名場面。出演作品は少ないが場面をさらう名脇役である。

和登サン《わとさん》

フルネームは和登千代子。大穴中学2年生。浄楽寺というお寺の娘。剣道、空手、合気道、柔術の有段者。名前は写楽保介とコンビで、シャーロック・ホームズとワトソンに由来する。変身した三つ目の写楽に惹《ひ》かれる。自分のことを〝ボク〟という。「タイガーランド」にゲスト出演。

W3《ワンダースリー》

地球から数万光年離れた銀河連盟から地球の調査を依頼された銀河パトロール第4分隊所属の宇宙人。変身機でボッコ少佐はウサギに、プッコ中尉はカモに、ノッコ兵長はウマに変身する。ノッコはガラクタの山から、ビッグ・ローリーなどのメカをつくりだす能力を持っている。

ガジャボーイ登場

ぼくは、人一倍チビで、骨と皮ばかりで、小さい頃は、体が弱く、よく泣いた。小学校は、池田師範附属小学校だが、入学が決まったことを母から聞いてわッと泣き出してしまったほどだった。入学してからも一日に何回となく泣かされて家に帰ると、今日は何回位泣いたかというのがぼくと母の挨拶《あいさつ》がわりだった。こんな泣き虫だから、友達は良いいじめ相手をみつけたとばかり、毎日のようにぼくをねらった。いつの間にか「ぼくをひやかす歌」ができてしまった。僕が向こうからやってくるのを見て、

〽見えました　見えました　六十メートルのめがね……

近づくと、

〽ガジャボーイ頭をふりたてて

今日もメガネが歩いてる　ピッピキピー

ガジャボーイというのは、私がその頃天然パーマで、もじゃもじゃの髪をしていたからである。

そして、

〽人さし指をとぎすまし　ヒッヒッヒッヒー

ぼくの頭を指さしてはやしたてる。ぼくはこれをやられると必ず泣いた。そのうちに、この歌が学校中に広まってしまい、とうとうぼくは髪を刈ってしまった。小柄で、めがねをゆがめてかけていたぼくは腕白坊主どもにとって、恰好《かっこう》の獲物だった。しかしぼくは弱虫であることで卑屈《ひくつ》になることはなかった。むしろ、その裏返しのような形で、漫画を描き始めたのかもしれない。漫画は、小学校の二年頃もう描き始めていたが、漫画は泣かされてばかりいるぼくの自己顕示欲《けんじよく》を満たすには十分だった。泣かされてはいるが、俺はこんなものが描けるんだぞと自慢できるほどのものを描くことができた。そのうちに、似たもの同士でグループができた。

そんなわけで、小学校を卒業する頃には、かなり気が強くなっていた。もう卒業だからあばれてやれという気になって、仲のいい五、六人と秘密結社を作った。電灯のつく空き教室にかくれて、中からカギをかけ、夜の十時頃まで秘密会合をもった。このころには、もう品不足で少なくなっていたブドウ酒を回し飲みしたり、女の子を前にしてハレンチな話をしたりした。「ハレンチ学園」のはしりのようなものだった。首領格だった石原という男が紳士的で、規則があったのだが、仲間の一人が、いたずら半分にタバコを喫《の》んだことがあった。ぼくは、においがどうにも嫌で喫めなかった。これが、バレた時こっぴどく叱《しか》られる原因になった。

この秘密結社は、ヴィジターを連れてくることは自由で、多いときには十五、六人になったこともあり、はじめは連れこんだ形だった女の子達も、しまいにはグループ員になっていた。会合をもつときは、隠語で連絡し合い、会話も合い言葉ではじめるというように、秘密の楽しみを大いに味わった。

秘密がバレたのはぼくのせいだった。学校の裏手に穴のあいた荒れ地があって、秘密結社の根拠地を、空き教室からここへ移していた。穴に覆《おお》いをかけて、当時耳に慣れだしたトーチカとか塹壕《ざんごう》を気取って、中に食物などを入れておいた。放課後にこの食物を食べるのだが、それまで待ち切れずに昼休みのうちに食べに行ったりした。

ぼくはここの地図を教科書に書いておいて、これが友達にみつかり、先生に見せられてしまった。地図には世界地図に見えるような名前をつけておいたのだが、どうも学校付近の地図であるらしいとわかってしまい、進学準備で神経質になっていた先生方が調べにきた。すると、穴の中から食物や泥まみれの教科書、いやらしい絵などが出て来た。ここで謝ってしまえばいいのに、ぼくたちは、逃げて穴の中にたてこもり、死守するとがんばった。しかしまもなくつまみ出されて体育館に並べられ、根ほり葉ほり事情を聞かれた。

そのうちタバコを吸ったことや、女の子を夜おそくまで学校においたことが露見してしまい、ずいぶんしぼられた。タバコを吸った連中は始末書まで書かされた。

小学校を卒業して北野中学校に入学した。ぼくの成績は、国、漢、地歴、理科、美術などは自慢できるほど良く、そのかわり武道、教練、体操、操行などは極端に悪かった。体力もなく、やる気はもちろんなかった。

ぼくは教練の教官をきらっていた。かれの自慢話が、戦争中にうじを食ったという信じられないような話だった。戦争の時、満州で捕虜を刀でスパスパ斬《き》り、その死体を穴に埋めてわいてくるウジに塩をかけて食べたというのである。

また、この教官は夜間行軍が好きで、完全武装で夜中歩かせ、その間銃剣によりかかって寝るのだが、その仮眠をとる場所を畠《はたけ》の肥《こえ》だめのそばにすることが多かった。臭くてふつうなら眠れないのだが、疲れているので眠ってしまう。眠っているうちに肥だめに落ちてしまうこともあった。そんな意地の悪い教官だった。

当時はすでに、戦時体制で絵を描くなどという学生は非国民扱いだった。ぼくは美術部に入っていたが、そんなわけで、絵具はなし、スケッチすることも御法度《ごはっと》だった。美術の教師はぼくたちに毎日スライドばかり見せていた。しかし、やはり自分で何か描きたいという気持は強く、ノートから何からいたずら書きでいっぱいになってしまった。はじめのうちは、これがみつかっても、美術部の教師がかばってくれたが、ある日、よりによって教練の教官にみつかった。黒板に教師の似顔絵をずらりと並べて描いていたのだった。烈火のように怒った彼は私をよんで説教を始めた。しかし、まずいことにぼくのいつものくせで、説教の最中に舌をペロリと出してしまった。これで、教官は本当に怒ってしまい、日本刀を持ち出して、斬《き》るといい出した。例の捕虜を斬ったという刀であるが、僕はこれがさびて使えないことも、一度も抜いたことがないことも知っていた。しかし、ここまできてはもう停学だろうと思って謝った。しかし停学にはならずに、運動場を完全武装して、教練のたびごとに十回位回るという罰をもらった。先生の方も、だんだんこの罰の監視が面倒になったのだろう。班長に監視をまかせるようになったので、しまいにはこれもサボってしまった。班長が人情家でいいよいいよと言ってくれたのである。これがまたバレてしまい、漫画の原稿を友達に貸してあったのもみつかって、往復ビンタをもらい、とうとう漫画に類するものは、一切描かないという始末書をとられた。

このあと、教練でしごかれ、ついに特殊訓練所へ入れられてしまった。ここは予科練などにいかせるための訓練所ということになっていたが、それは名目で、体が弱かったり、問題があったりして、教官ににらまれた生徒が入れられた。食事は朝昼晩とも一杯しか飯が食えず、それでしごかれるのだから、みな栄養失調のようになっていた。それに耐えきれず、ぼくは友達と賭《か》けをして、鉄条網のはりめぐらされた訓練所からぬけだし、家まで逃げ帰ったことがある。やわらかい土の上は、足跡が残らないように後むきに這《は》って足跡を消し、何とかぬけ出した。電車で家に帰りつき、ありあわせのものを食っているうちに夜があけて、また同じようにして戻った。特殊訓練所はこんなにまでしても逃げたいと思うようなところだった。

薬といえば赤チンしかないような状態で、健康診断のとき、消毒をしていない針で注射をされた。そこから毒が入ったのか病気になってしまった。それでも注射のあとに赤チンをぬるだけしかしてもらえず、そのうちに、顔は青ざめ、体中に発疹《ほっしん》ができた。教官が、何かいうことはないかというので、とにかくおふくろを呼んでくれといって、特殊訓練所から出、阪大の病院に通院した。皮膚と肉の間にガスがたまり、かなり重症だった。この腕を首から吊《つ》っていなければならず、この恰好《かっこう》で外を歩くと、勤労動員で負傷したのとまちがわれ、照れ臭い思いをした。これほどひどい時代だったが、どうにかやって行けたのは持前の呑気《のんき》さのおかげであろう。

体力のないことには小さい時から、ずいぶん苦しんだが、中学で、マラソンに強いことがわかってからは、かなり自信がでてきた。

大学は阪大の医学部である。これは、例の病気がきっかけで選んだのであったが、ずっと描いていた漫画で、ぼくは流行《はや》りっ子になっていた。その原稿に追われて、病院の中で原稿を描いたり、看護婦に色ぬりをやってもらったりして、おかげでとうとう留年してしまった。

ひどい時は、おもしろい顔をした患者がやってくると、カルテにその人の顔のスケッチを描いてしまったりした。

卒業間際になって、医者になろうか漫画家になろうか、迷いに迷ったあげく、母に決めてもらおうと話すと、それなら今自分が好きなものをやれと言ってくれた。もちろんぼくは漫画をとった。弱虫の裏返しであったかもしれない漫画が、僕の一生の表街道になったわけである。

SFアトランダム
メタモルフォーゼについて

幻想文学のモチーフのひとつに変身譚《へんしんたん》がある。SF的表現を使えば、メタモルフォーゼ、体形改造、不定形生物等の名で登場するが、そのイメージはあくまで幻想怪奇文学のそれに基づくものである。

古代このかた錬金術、飛行術などとともに、変身術は悪魔的な超能力として、人間の願望のひとつだった。古くはギリシャ神話や中国の伝説から、洋の東西を問わず、民話伝承、風俗習慣のうえでも変身をテーマにしたものは数かぎりなく、ことに映像のうえでは、絵画彫刻や工芸品に興味ある傑作を生みだしているものが多い。

ぼくがＳＦであるなしを問わず、作品に変身をよく使うのは、その奇想天外な映像上の工夫と幻想的表現がマンガの要素にぴったりなのと、ことにアニメーションでは、エミール・コールが「ファンタスマゴリー」の名で発表した初期の動画に見られるように、あきらかに物の形がつぎつぎに変わるおもしろさを目的とした表現法に、変身がもっとも利用しやすいからである。

アニミズム、つまり万物精霊思想という原始的発想とともに、自分自身もしくは特定の対象を別のものに変える願望は、アニメーションの世界である程度カリカチュアライズされながらも充《み》たされたといってよいだろう。以上の理由から、ぼくは近ごろ積極的な姿勢でこの変身の資料ととっ組んでいる。いまつくっている虫プロの長編動画「千夜一夜物語」にも、幻想性に薬味を添えるため、しきりに魔神《ジン》、魔女神《ジニー》の変身が登場するのである。

しかし、変身は、まったく無法則にデフォルメートするわけではなく、そこには漠然とした約束や規則性がある。ひと言でいうなら、あくまで地球的に、あるいは人間的にということである。たとえば、元来不定形のものが、さらに別のあいまいな形へデフォルメートしたとしても、アミーバのようなもので、興味の対象とならない。別の例をひけば、下駄が長靴に変身（変形？）しても、それへの興味は人間の変身に対してよりはるかに薄い。つまり、変身という現象は、その目的や過程のなかに、あくまで人間的意識、人間的感受性が、多少なりとも加わっていなければならないのである。

そのパターンの多くはつぎの三つの過程に分類される。

一、人間が別の物体（または現象）に変形する。

二、物体（もしくは現象）が人間に変容する。
三、人間が他の人間に変身する。
また別の分類から、変身にはつぎの条件が加えられる。
A、いったん変身すれば二度と原形に復帰できない。
（例、カフカ「変身」、ガーネット「狐《きつね》になった夫人」、「道成寺」の清姫等）
B、いったん変身しても原形に戻ることができる。
㋑ 自己の力、意志によるもの。これは一般に数回以上変身を繰り返す場合が多い。

（例、ドラキュラ、狼男《おおかみおとこ》、魔女、メフィストフェレス、狐狸妖怪《ようかい》の類）

㋺ 他の強制による受け身のもの。

（例、「白鳥の湖」のオデット、または人間の異性を思慕するあまり人の姿で現れる精霊等）

以上のうち、AとBの㋺は宿命的、運命的な要因が強く、悲劇的なドラマとして成功しやすい。ＳＦの世界においては、宇宙人もしくは地球外生物の変身など、Ｂの㋑に属するものが多く、もっともよくあるパターンとしては、不定形生物もしくは変身装置をもつ種族が地球人の体形をとって侵入してくるというもの。これは描写のうえでも類型が多く、アイデアも常套的《じょうとうてき》である。むしろ今後は、ＡやＢの㋺のバリエーションに基づくものが、新鮮で期待できよう。

一種のミュータントの超能力として地球人側にこの種の変身がおこなわれるものは、数は少ないが、シマックの「都市」における木星型サイボーグなどはおもしろい例であろう。マンガの「(サイボーグ)００９」や「バンパイヤ」のように、粘土細工のように変身する人間は、荒唐無稽《こうとうむけい》さが先行するので、小説向きではないが、しかし、人間の執念もしくは愛情の心理的表現として変身した怪物を登場させることは、一種の前衛文学、観念小説として、今後も数多く書かれると思う。いずれにせよ、ぼくは変身譚《へんしんたん》のおもしろさに魅せられているので、そのうちとほうもないものに変わってしまう危険性がある。

解題

森 晴路

1巻 ハレー伝説

「**ハレー伝説Ⅰ・Ⅱ**」は、1985年12月16日にパック・イン・ビデオより発売されたオリジナル・アニメ・ビデオ（OAV）「ラブ・ポジション ハレー伝説」のシノプシス（あらすじ）である。この後シナリオ（脚本）が書かれ、絵コンテが描かれ、アニメは完成していった。手塚治虫はこのシノプシスを書いただけで、アニメにはタッチしていない。同時にベータ版、後にポリドールよりLDとVHDも発売されているが、DVD化はされていない。シノプシスは今回が単行本初収録。

「**火の鳥**」は、1989年2月8日から2月28日まで渋谷区の全労災ホールスペース・ゼロにて上演されたミュージカル用のシナリオである。1996年7月17日講談社発行の『手塚治虫漫画全集386 別巻4 手塚治虫シナリオ集』に初収録され、この本を底本としている。このシナリオは、1

980年3月15日に東宝系劇場で公開されたアニメ映画「火の鳥2772　愛のコスモゾーン」をもとにして、舞台用に書かれたものだが、実際に上演されたものとは違っている。

「**太陽の石**」は、1980年3月24日にNHK第一ラジオで放送されたNHKワイドスペシャル「太陽の石」の箱書である。1992年12月17日マガジンハウス発行の『手塚治虫大全1』に初収録され、この本を底本としている。

2巻　シートピア

「**ネオ・ファウスト**」は、1984年に製作発表された劇場用アニメーションのシナリオである。劇場用アニメーションは実現に至らず、手塚治虫はマンガを描くことによってかわりに作品化させようとした。そして『朝日ジャーナル』に自ら持ち込み、1988年1月1＋8日号から12月16日号まで連載された（途中4月1日号から5月13日号まで と11月18日号から12月2日号まで休載）。しかし突如おそった胃ガンという病魔には勝てず、このマンガもまた未完成に終わった。余談だが、「ファウスト」の劇場用アニメ化は、1968年虫プロダクションでアニメラマの企画が出たときに最初の候補となったが事情で流れ、「千夜一夜物語」（1969年）「クレオパトラ」（1970年）に続く第3弾として、日本の時代ものに翻案した「百物語」にしようということでまずマンガ化されたが（1971年）、それもアニメ化まで至らなかったという経緯がある。

２００７年10月30日朝日新聞社発行の朝日文庫『ぜんぶ手塚治虫！』に初収録され、この本を底本としている。

「**ナスカは宇宙人基地ではない**」は、１９７８年２月号『ＳＦマガジン』掲載。１９７８年11月10日大和書房発行の『手塚治虫ランド２』に初収録され、この本を底本としている。

「Ｓ・Ｆ・Fancy Free　**ガリバー旅行記**」は、１９６３年12月号と１９６４年２月号の『ＳＦマガジン』に掲載（１９６４年１月号は休載）された絵物語である。１９７７年８月15日大和書房発行の『手塚治虫ランド』に初収録され、この本を底本としている。

「**シートピア**」の詳細は不明。手塚治虫はアニメやドラマなどの企画のシノプシスを山のように書いているが、実現に至らず立ち消えになった作品が数多くあり、これもそのうちのひとつである。今回が単行本初収録。

「三つ目がとおる　**悪魔島のプリンス**」は、１９８５年８月25日に日本テレビで放映された東映動画制作の２時間スペシャルテレビアニメのシノプシスである。手塚プロダクションでは日本テレビの番組「愛は地球を救う」の中で１９７８年から毎年２時間スペシャルテレビアニメを製作してきたが、この年は無理ということで東映動画に委託され、手塚治虫はシノプシスだけ描いたのだった。２００１年７月10日筑摩書房発行のちくま文庫『手塚治虫小説集』に初収録され、この本を底本としている。なお、２０１１年５月21日にＴＯＥＩ　ＣＯＭＰＡＮＹ，ＬＴＤよりＤＶＤが初めて発売予定。

「鉄腕アトム　**ブラック・ジャックの大作戦**」は、１９８１年4月8日に日本テレビで放映された手塚プロダクション制作のテレビアニメのシノプシスである。『手塚治虫漫画全集386　別巻４　手塚治虫シナリオ集』に初収録され、この本を底本としている。

3巻　ヒョウタンツギ

「**妖蕈譚**《ようじんたん》」は、１９８６年9月30日光文社発行のカッパホームス『キノコの不思議』用に書き下ろされた小説である。『手塚治虫大全1』に再録され、この本を底本としている。

「**踊り出す首**」は、１９４３年11月20日六陵昆蟲研究會《こんちゅうけんきゅうかい》発行の『昆蟲の世界　３』のために書かれた小説である。六陵昆蟲研究會は、大阪府立北野中学（現北野高校）に在学中の手塚治虫が１９４３年8月に同窓の友人らと結成した非公式なグループで、『昆蟲の世界』は会誌だった。発行所は治蟲堂、住所は兵庫縣川辺郡小浜村川面鍋野、つまり手塚治虫の自宅である。昆虫採集に熱中していた手塚治虫は編集長となって、友人から原稿を集め、自らもエッセイなどを執筆し、無地のノートに墨汁を使って丸ペンで書き写し、カットを添え、肉筆同人誌をつくりあげていたのだ。もちろん並行して、ヒゲオヤジが主人公のマンガも描いていた。１９９５年8月３日手塚プロダクション・朝日新聞社発行の『手塚治虫　過去と未来のイメージ展　図録』に初収録され、この本を底本としている。単行本としては１９９６年12月20日小学館発行の『昆蟲つれづれ草』が初収録である。

「S・F・Fancy Free」の「**うしろの正面**」は１９６３年4月号、「**そこに指が**」は１９６３年6月号の『SFマガジン』にそれぞれ掲載された絵物語である。ともに１９７０年12月10日小学館発行の『手塚治虫全集　地球を呑む　3』が単行本としては初収録であるが、１９７９年1月20日講談社発行の『手塚治虫漫画全集80　SFファンシーフリー』を底本としている。

「**傍のあいつ**」は、１９６２年10月号『小説中央公論』掲載。単行本としては１９６９年4月30日早川書房発行の『世界SF全集35　日本のSF　現代編』が初収録であるが、『手塚治虫ランド』を底本としている。「**おたふく**」は、１９７２年9月15日発行『ビッグコミック増刊号』掲載。単行本としては１９７７年6月20日文化出版局発行の『日本SFショート&ショート選　ユーモア編』が初収録であるが、『手塚治虫ランド』を底本としている。「**あの世の終り**」は、１９６７年6月号『話の特集』掲載。「**ハッピーモルモット**」は、１９６２年1月1日付『日本読書新聞』掲載。「**S・F・Fancy Free　七日目**」は、１９６３年10月号『SFマガジン』掲載。これらのショートショートはいずれも『手塚治虫ランド』に初収録され、この本を底本としている。

「**治虫夜話　第1夜　不条理スリラーなるもの**」は、１９５９年7月1日日の丸文庫光映社発行『影　第33集』掲載。「**治虫夜話　第2夜　舞台上のスリラー**」は、１９５９年8月1日発行『影　第34集』掲載。「**ハガキの怪談**」は、１９５９年10月23日鈴木出版発行『X　第4号』掲載。「**日本一のおばけ屋敷**」は、１９５９年東光堂発行『炎　第2集』掲載。これらはいずれも２００８年7月2日小学館クリエイティブ発行の『花とあらくれ　手塚治虫劇画作品集』に初収録され、この本を底本としている。

「**姿なき怪事件**」は、１９５９年東光堂発行『炎　第1集』掲載。単行本としては２００１年7月10日筑摩書房発行のちくま文庫『手塚治虫小説集』が初収録であるが、『花とあらくれ　手塚治虫劇画作品集』を底本としている。

「**毒殺物語**」は、１９５９年発行『炎　第3集』掲載。単行本としては２０００年7月10日筑摩書房のちくま文庫『二階堂黎人が選ぶ！　手塚治虫ミステリー傑作集』が初収録であるが、『花とあらくれ　手塚治虫劇画作品集』を底本としている。

「オズマ隊長」の「**ペット**」は１９６１年8月13日付、「**空港の決闘**」は8月20日付、「**投石**」は8月27日付、「**二つの顔**」は9月3日、9月10日、9月17日付、「**長い長い昼**」は9月24日付の『産経新聞』にそれぞれ掲載。いずれも１９８１年2月20日講談社発行の『手塚治虫漫画全集114　オズマ隊長　１』に初収録され、この本を底本としている。

「**脱走指示機**」は、１９６１年10月1日付『産経新聞』掲載。単行本としては１９７６年10月１日文民社発行の『手塚治虫作品集3　オズマ隊長』が初収録であるが、『手塚治虫漫画全集114　オズマ隊長　１』を底本としている。

「**白い胞子**」は、１９７７年8月15日大和書房発行の『手塚治虫ランド』用に書き下ろされたものだが、途中で同設定の映画「カプリコン・１」がきてしまったということで未完に終わり、『手塚治虫ランド』に収録されず眠ったままになった。１９９９年7月25日マガジンハウス発行の『ＢＲ

ＵＴＵＳ図書館　ワンダー手塚治虫ランド』に初収録され、この本を底本としている。

4巻　二人の超人

「鉄腕アトム　**二人の超人**」は、１９８０年10月8日日本テレビで放映された手塚プロダクション制作のテレビアニメのシノプシスである。今回が単行本初収録。

「**クレオパトラ**」は、１９７０年9月15日日本ヘラルド映画配給で公開された劇場用アニメのシノプシスである。１９９２年12月17日マガジンハウス発行の『手塚治虫大全２』に初収録され、この本を底本としている。

「**光魚マゴス**」の詳細は不明。１９９９年5月25日河出書房新社発行の『文藝別冊　ＫＡＷＡＤＥ夢ムック　総特集　手塚治虫』に初収録され、この本を底本としている。

「**ファーブル昆虫記１・２**」は１９８８年に書かれたアニメ用のシノプシスである。だがファンタジックなストーリーの**1**は受け入れられず、引き続き現実的なストーリーの**2**が書かれたが、これも実現には至らなかった。『ＢＲＵＴＵＳ図書館　ワンダー手塚治虫ランド』に初収録され、この本を底本としている。

「**ユニコ**」は、１９８１年3月14日に公開されたサンリオ映画制作の劇場用アニメのシノプシスである。今回が単行本初収録。

「**ユニコ魔法の島へ**」は、１９８３年7月16日に公開されたサンリオ映画制作の劇場用アニメのシノプシスである。『手塚治虫漫画全集386　別巻4　手塚治虫シナリオ集』に初収録され、この本を底本としている。

「**イタリア綺想曲**」はアニメのシノプシスだが、詳細は不明。今回が単行本初収録。

別巻　タクシー・ドライバー

「**タクシー・ドライバー**」は、１９８３年10月10日に開催された〝手塚治虫ファン大会〟で上演されたスライドのシナリオである。１９９８年8月11日立風書房発行の『立風ベストムック　未発掘の玉手箱　手塚治虫』に初収録された。

「**草原の子テングリ1・2**」は、１９７７年4月に完成し、日本映画／桜映画社よりリリースされた雪印乳業のPRアニメのシノプシスである。手塚治虫はこのシノプシスとキャラクター設定を書いただけで、アニメにはタッチしていない。２００７年12月21日にジェネオン エンタテインメントよりDVDが発売された。このシノプシスとキャラクター設定もDVDに初収録されている。

「**ワイルド・ワング**」の詳細は不明。手塚治虫ファンクラブ会員の堀田洋子さんが手塚プロダクションに寄贈してくれたものである。

「**黄金バット**」は、１９８２年10月12日に開催された〝漫画集団創立50周年記念　昭和の50年世相

風俗再現　仮装大パーティー〟に出席したとき、手塚治虫は紙芝居屋に扮したのだが、その上演用のためにわざわざ製作した手製の紙芝居である。『立風ベストムック　未発掘の玉手箱　手塚治虫』に初収録された。

「ガジャボーイ登場」は、１９７１年4月15日青春出版社発行の『おれも落第生だった』所載。『手塚治虫ランド』に再録され、これを底本としている。

「ＳＦアトランダム　メタモルフォーゼについて」は、１９６９年1月20日発行『宇宙塵　第130号』掲載。１９９７年9月17日講談社発行の『手塚治虫漫画全集397　別巻15　手塚治虫エッセイ集7』に初収録され、この本を底本としている。

●執筆者プロフィール

森　晴路（もり・はるじ）……１９５２年長野県松本市生まれ。手塚プロダクションン資料室長。著書『図説鉄腕アトム』。『手塚治虫漫画全集』の編集を担当。

解説　手塚治虫——その表現の根底にあるもの

黒古一夫

〈1〉「反戦・平和」

この『手塚治虫SF・小説の玉手箱』(全5巻)を読むと、手塚治虫という稀代の漫画家が、どのような思いを底意に秘めて『鉄腕アトム』をはじめ『リボンの騎士』、『火の鳥』、『ジャングル大帝』、『ブラック・ジャック』、『三つ目がとおる』、『ブッダ』、『アドルフに告ぐ』といった数々の名作、傑作を描き続けることができたのか、その一端を知ることができる。

例えば、第2巻「シートピア」所収の『三つ目がとおる　悪魔島のプリンス』に、「三つ目族」が隠した財宝をねらう女・パンドラが登場するが、彼女のせりふの中に次のような言葉が出てくる。

〈「いったい貴様は何者だ。正体を明かせ!」

雲名《うんめい》警部がどなった。

「私は写楽くんの母親の友達だ。ふとしたことで母親にあって、彼女から三つ目族の話を聞いた。そして彼女を連れて日本へ行ったのだ。日本人にいずれ復讐《ふくしゅう》するためにね」

「復讐、なんの復讐？」

「第二次世界大戦の時、私の国で、私の一家は日本兵に皆殺しにされた。赤ん坊の私だけ救われて南米で育った。私は小さい時から日本を家族の仇《かたき》だと思ってきた」

「そんなことは遠い昔の話じゃないか」

「日本人には遠い昔でも、私の国は永久に忘れない！」〉

ここには、１９４５（昭和20）年6月の大阪大空襲を医学徒として体験した戦中派らしい戦争認識がある。つまり、この短い引用には、先の第二次世界大戦（アジア・太平洋戦争）の末期において激しさが増した日本各地の空襲や、16万人を超す犠牲者を出した沖縄戦、20万人以上の犠牲者が一瞬にして生まれた「ヒロシマ・ナガサキ」といった「被害」体験を持ちながら、しかし中国大陸やアジア各地において、明らかに日本は「加害者＝侵略者」であったとする戦中派の戦争観が表明されている、ということである。

だからこそ、この『三つ目がとおる　悪魔島のプリンス』の最後に、雲名警部の
〈「とにかく平和がいちばんだ。歓喜の歌を唄おう！」〉

という言葉を置かれたのだろう。

もちろん、だからといって手塚治虫を教条的に「反戦・平和」主義者であったと決めつけることはできない。ただ、何故「鉄腕アトム」は「正義の味方」なのか、また「ジャングル大帝」はアフリカの自然や森の平和や秩序を乱すものに対してどうして敢然と立ち向かっていくのか、あるいは「アドルフ」は何故ナチス・ドイツの悪を暴き、ユダヤ人ジェノサイド（皆殺し）に抗したのか、そのような手塚治虫ワールドを支える根底に彼の戦争体験に基づく「平和」への希求があるのではないか、と言いたいのである。

同じく第2巻所収の『ネオ・ファウスト』（劇場版）の中に、次のような「人工人間」が兵士に仕立てられ、戦場に赴《おもむ》く様が描かれている部分がある。

〈欲と金に目のくらんだワグナーは、一にも二もなく承諾し、人工人間の大量生産を開始した。何千もの水槽に人工細胞がばらまかれ、たちまち増殖して人の形をとっていった。人の形といっても、その生物には、理性の光がなかった。単なる人間のマネキンであった。しかし次々に完成して、百体ずつまとめて国防省へ送られて来た。国防省ではただちに、その魂のぬけがらのような人間もどきに、促成の軍隊教育をほどこしていった。

みるみる強力で統制のとれた兵士ができあがっていく。

彼らは機械人形のように同じ行動をとった。

おまけに、理性に欠けているから、ただひたすら冷酷で残忍で、殺りくと破壊しか頭にない殺人道具であった。〉

ここには、わかりやすい形で本質的に「非人間」的である「軍人育成」「軍隊教育」への嫌悪＝批判が書き込まれている。戦争が人類の歴史と共に在ったことは否定できないとしても、近代兵器の最たるものとして「核兵器」が登場したことによって、この最終兵器が地球を滅ぼし人類の「未来」を閉ざしてしまうものであることを、手塚治虫は医学者＝科学者として正確に認識していた。そうであるが故の「反戦・平和」に他ならなかった。第3巻「ヒョウタンツギ」所収の掌編《しょうへん》「あの世の終り」が、あの世＝現世が滅んでしまってこの世＝死後の世界にどんな情報も伝わってこないと嘆く死人の〈核戦争で滅びてしまったあの世界に……いつか遠い未来に、また人間が生まれてくるまで……私は待てるかしら。心細いわ。〉という独白する場面で終わっているのも、手塚治虫がいかに世界の核状況に対して「絶望」的になっていたか、を物語るものであったと言っていいだろう。

〈2〉「科学の発展」と「生命の尊厳」

手塚治虫が1989（平成元）年に満60歳で亡くなってから今日まで、東西の冷戦構造は解体したとは言え、世界の火薬庫といわれる中東やアフリカ各地、あるいは極東アジアにおいて民族紛争や宗教戦争が繰り返し起こり、核開発戦争（核保有国の拡大）も止まるところを知らない。そんな現況に対して、もし「平和主義」者の手塚治虫が生きていたら、どのように思ったか。何よりも、例えば２００１年に起こった「９・１１」の同時多発テロが象徴するように、人間の「生命」が軽視される現代の風潮に対して、怒り嘆いたのではないだろうか。

これまで多くの論者によって手塚治虫の漫画をはじめとする「表現」の全てに貫流するテーマは、「生命の尊厳」をいかにして守るかであり、それと関連する「科学の発展」をどのように捉えるべきかである、と言われてきた。確かに、不朽の名作『鉄腕アトム』を見れば分かるように、手塚治虫の中では「生命の尊厳」を守ることと「科学の発展」は不可分なものとして存在してきた。象徴的なのは、医療漫画の先駆と言われる『ブラック・ジャック』である。この作品の主人公は、「神の手」を持った天才的な医者であるが、彼は高額な治療費を請求する代わりに、どのような手段（最高の医療機器など）を使ってでも「生命」を守るという思想の持ち主として描かれている。言葉を換えれば、手塚治虫の漫画をはじめとする全ての作品に「生命の尊厳」とそれを支える「科学の発展」という思想が通底している、ということである。もちろん、「科学の発展」がストレートに「生命の尊厳」思想に結びついているというわけではない。時には「科学」が「生命」と敵対関係になることもある、と手塚治虫は十分に理解していた。

その意味では、この『手塚治虫ＳＦ・小説の玉手箱』にも、そのような手塚治虫の原理的な思想が原型のまま、あるいは荒削りの形で詰まっていると言っても過言ではない。例えば、第１巻「ハレー伝説」所収の『火の鳥　シナリオ』であるが、この大作『火の鳥』の余話として生まれたような作品には、随所にこの「生命の尊厳」思想と「科学の発展」との衝突・齟齬《そご》を見ることができる。

周知のように、漫画『火の鳥』は未完に終わった古代から未来までを舞台とする壮大な物語であるが、この『火の鳥　シナリオ』は人間と「人造人間＝人間もどき・クローン人間」との恋愛を軸に物語が展開し、最後は人間と「悪意」を持った人間に操られる「科学＝クローン人間」とが決定的に対立する場面で終わる作品である。換言すれば、この『火の鳥　シナリオ』は、人間は果たして「科学」によって「生命＝人間もどき」を作ることができるのか、もしそのようなことが可能であっても人間と「人間もどき」は共存・共栄していくことができるのか、といった根源的な問いを内に秘めた作品であり、その意味では大作『火の鳥』の原点を明らかにするシナリオ作品である、と言える。作中で「クローン」が唄う次のような歌は、まさにこの作品がどのような意味を持ったものであるかを如実に物語るものであった。

〈見るがよい　見るがよい
おのれのしたことを
おのれのまわりを
人間よ　人間よ
おのれの世界を見るがよい
罪を怖れず
やりつくした

おのれの愚かさを見るがよい

〈後略〉

なお、この『手塚治虫SF・小説の玉手箱』には、『鉄腕アトム』誕生秘話の別バージョン（余話）とも言える『二人の超人』（第4巻）や未発表作品の『ハレー伝説』（第1巻）、『シートピア』（第2巻）、『ユニコ』（第4巻）、『イタリア綺想曲《き》』（同）、『ワイルド・ワング』（別巻）などが収められているが、全部を読んで気が付くのは、筆者が文芸評論を専門にしているからなのか、漫画やアニメーションといった「絵・映像」表現よりもSFや短編（掌編《しょうへん》）小説、シナリオといった「活字＝言葉」表現の方が、今まで述べてきたような手塚治虫の思想が「原型」のまま表出しているのではないか、と思えることである。たぶん、手塚治虫もそのように思う部分があったからこそ、忙しい漫画やアニメーション制作の合間を縫って、小説やシナリオなどを書き続けたのだろう。

しかし、いずれにしろ手塚治虫という表現者は、紛れもなく「戦争」の影を引きずった良心的な戦中派（戦後派）であった。

●執筆者プロフィール

黒古一夫（くろこ・かずお）……1945年、群馬県生まれ。文芸評論家。筑波大学名誉教授。近・現代が抱える様々な問題と文学表現との関係を軸に批評活動を展開。大江健三郎、立松和平、村上春樹などを論じ、著書多数。

手塚治虫　てづか・おさむ

１９２８年11月３日大阪府豊中市生まれ。５歳より兵庫県宝塚市にて過ごす。大阪大学医学専門部卒。１９４６年「マアチャンの日記帳」でマンガ家としてデビュー。翌年発表した「新宝島」等のストーリーマンガにより戦後マンガ界に新生面を拓く。著書『手塚治虫漫画全集』全４００巻他。１９６２年「ある街角の物語」でアニメーション作家としてデビュー。翌年放送開始した国産初のテレビアニメ「鉄腕アトム」によりテレビアニメブームを巻き起こす。実験アニメーションの分野でも海外で受賞多数。１９８９年２月９日没。

樹立社大活字の〈杜〉
手塚治虫　ＳＦ・小説の玉手箱　別巻

タクシー・ドライバー

二〇一一年五月二十日　初版第一刷発行

著　者　手塚治虫
発行者　林　茂樹
発行所　株式会社 樹立社
〒２２５—０００２
神奈川県横浜市青葉区美しが丘二—二〇—一七
電話　〇四五—五一一—七一四〇
印刷・製本　株式会社東京印書館
監修者　森　晴路
装丁者　髙林昭太

造本にはじゅうぶん注意しておりますが、万一、落丁、乱丁などの不良品がありましたら、小社営業部あてにお送りください。送料小社負担にてお取りかえいたします。
全５巻　分売不可

ISBN978-4-901769-55-6 C0393